抗戰時期文學史料

文訊叢刊 1

秦賢次／編著

自序

●秦賢次

文學史料受到應有的重視只不過是近幾年來的事，我認為這與「文訊月刊」長期以來大量刊登文學史料應有密切的關係。本書初稿即登於民國七十三年二月十日出版的「文訊」第七、八期合刊「抗戰文學口述歷史專輯」上。當時在總編輯孫起明，執行編輯李宗慈的力勸下貿貿然答應了。從開始搜集資料到完稿不到兩個月，由於時間太過於忽促，加上參考資料有限，發表之後，自己一直很不滿意。譬如說，撰寫文學大事記時，能參考的資料僅有一九七九年十月由香港中國現代文學研究中心影印出版的「六十年文藝大事記」（一九一九－一九七九）一書，以及一九七八年十二月在香港出版的司馬長風「中國新文學史」下卷中的附錄「戰時戰後文壇大事記」而已。之後可參考之資料出現日多，常想修訂補正，但一直不曾進行。

今年五月，「文訊」現任總編輯李瑞騰及副總編輯封德屏向我提議出版單行本，作為「抗戰文學資料叢書」之一，我「欣然同意」，但要求重新增訂。這次修訂幾乎等於重寫，由於主要參考資料係先後到手的關係，在完稿排版之後接著又邊校邊補。當筆者看到「文訊」編輯部同仁忙碌不堪的情形，又揣想排版工人咬牙切齒的表情，實在感到汗顏。

本書之得以出版，除了感謝孫起明、李宗慈、李瑞騰、封德屏四位外，也感謝焦桐兄不辭辛苦為本書拍攝許多可貴的圖片。最後，願將本書獻給詩人瘂弦。為了從事文學史料之整理，我認識了瘂弦，以後變成好朋友，他一直為我吹噓，也一直鼓勵我向這方面發展。

民國七十六年六月二十三日

《目錄》

1

抗戰時期文學大事記

●由「中國文藝社」主編，重慶「藝文研究會」出版，獨立出版社發行的「抗戰文藝叢書」，自二十七年八月起，迄同年十一月止，共出八種。

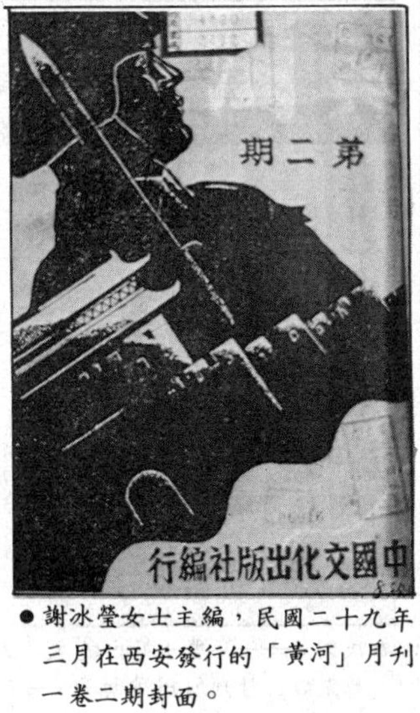

●謝冰瑩女士主編，民國二十九年三月在西安發行的「黃河」月刊一卷二期封面。

●民國二十七年一月廿一日出版之「文藝月刊」戰時特刊第六期封面。

●已故作家孫陵主編，民國三十一年六月二十日在桂林發行之「文學報」旬刊創刊號封面。

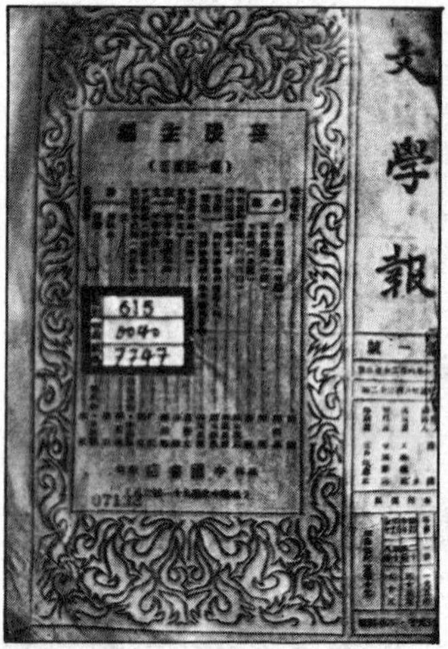

●李辰冬主編，民國三十一年九月八日在重慶發行之「文化先鋒」一卷二期封面。

●陳紀瀅著短篇小説集「新中國幼苗的成長」一書封面，該書係民國三十三年九月由重慶建中出版社初版。

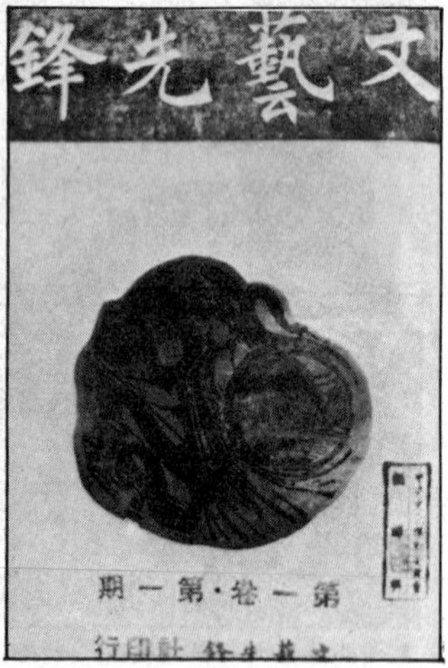

●民國三十一年雙十節出版之「文藝先鋒」月刊創刊號封面，該刊由王進珊、李辰冬先後主編，張道藩任發行人。

二十六年

七月

七日　日軍在河北宛平蘆溝橋向我軍襲擊，對日抗戰爆發。

十五日　「中國劇作者協會」在上海成立，並議決由尤兢、馬彥祥、姚克、宋之的、陳白塵、夏衍等十六人集體創作抗戰劇本「保衞蘆溝橋」（三幕劇），八月七日在上海上演，盛況空前，激勵國人抗戰意志。

廿八日　「上海市文藝界救亡協會」成立。

三十日　「電影界工作人協會」在上海成立，歐陽予倩、蔡楚生、沈西苓、史東山、白楊、柯靈、金山等三十九人當選爲常務委員。同時，在該協會下又成立「中國電影界救亡協會」（後改名「中國電影界救亡委員會」）。兩協會一致號召電影工作者以實際行動爲抗日戰爭服務。

卅一日　因組「救國會」被捕入獄之沈鈞儒、章乃器、鄒韜奮、王造時、李公樸、沙千里、史良等七人，在蘇州出獄，翌日回滬。

□　魯迅最後三本雜文集「且介亭雜文」、「且介亭雜文二集」、「且介亭雜文末編」由上海三閒書屋出版。

□　夏征農編「魯迅研究」，由上海生活書店出版。

□　李劼人著大河小說「大波」（下册），由上海中華書局出版，全書三册厚達八五五頁，是當時字數最多的長篇小說。

□　范長江著報告文學「塞上行」一書，由上海大公報館印行，迄十一月止已發行六版，收有通訊及報告共十二篇，是作者繼「中國的西北角」一書後的另一名著。

八　月

一　日　北平「文學雜誌」月刊於本日出版一卷四期後停刊。該刊係由朱光潛主編，商務印書館印行，是當時北平水準最高的文學刊物，主要撰稿者有葉公超、胡適之、沈從文、老舍、楊振聲、李健吾、林徽因、周作人、錢鍾書、楊絳、廢名、常風、戴望舒、卞之琳、梁實秋、郭紹虞、梁宗岱、施蟄存、蕭乾、何其芳、朱自清、陸志韋、林庚、曹葆華、馮至、方令孺、蹇先艾、俞平伯、孫毓棠、杜衡、張駿祥等。

十三日　淞滬戰爭發生，全面抗戰開始。

二十日　在「上海市戲劇界救亡協會」主持下，成立十三個救亡演劇隊，在上海和各地宣揚抗日救亡運動。

廿四日　「救亡日報」在上海創刊，由巴金、王任叔、阿英、茅盾、郭沫若、夏衍、張天翼、鄒韜奮、鄭振鐸等組成編委會，郭沫若任社長，夏衍任主筆，阿英任主編，出至十一月廿二日停刊。其後在廣州、桂林、上海復刊。

廿五日　「文學」、「文季」、「中流」、「譯文」等四雜誌合編之「吶喊」週刊在上海創刊，由茅盾主編，三期起改名「烽火」，卷期另起。

□　曹禺三幕劇「原野」，由上海文化生活出版社出版。

九　月

三　日　從事抗日救亡宣傳運動的「孩子劇團」在上海成立，吳新稼擔任團長。

五　日　「烽火」週刊在上海創刊，由茅盾主編，巴金任發行人，迄十一月七日出第十期後停刊。二十七年五月一日在廣州復刊，並改爲旬刊，是爲第十三期，由巴金主編，茅盾任發行人，烽火社發行，迄十月出至二十期後，因廣州淪陷而停刊。

十一日　「七月」週刊在上海創刊，由胡風自籌經費創辦，僅出三期卽因撤離上海前往武漢而停刊。「大公報」漢口版創刊，陳紀瀅主編副刊「戰線」。

十八日　南京「文藝月刊」改名「文藝月刊戰時特刊」，在武漢、重慶繼續出版，由中國文藝社編行。編委有商章孫、王平陵、唯明、陳曉南等。

日人綠川英子發表致日本世界語者的公開信，加入中國文藝界的抗敵活動。

十　月

十六日　胡風主編的「七月」在漢口復刊，改爲半月刊，卷期另起，每六期爲一集，迄二十七年九月出至三集第十八期後停刊。二十八年夏，在重慶復刊，並改爲月刊，每四期爲一集，迄三十年春，出至第七集時停刊。常在「七月」上發表作品的新詩人，後來有「七月派」之稱。

十九日　□ 魯迅紀念委員會編印「魯迅先生紀念集」一厚册，由上海文化生活出版社總經售。

□「西北戰地服務團」在延安成立，團長丁玲，副團長舒羣，周立波，團員有田間、史輪、邵子南、戈矛、巍峙等三十三人。該團初期在晉陝兩省活動。

□「抗戰戲劇」月刊在廣州創刊，由胡春冰、趙如琳等主編。

□ 魯迅原著，田漢改編之五幕劇「阿Q正傳」，由漢口戲曲時代出版社出版。

十一月

十二日　上海淪陷，僅存英法兩租界，成爲「孤島」，至三十年十二月八日太平洋戰爭止，是所謂「孤島時間」。

□「抗戰戲劇」半月刊在漢口創刊，由田漢、洪深、馬彥祥主編，共出十五期。

□ 夏衍三幕劇「上海屋簷下」，由上海現代戲劇出版社出版。

□ 阿英編輯之「抗戰獨幕劇選」一書，由上海抗戰讀物出版社出版，收有夏衍、尤競等作之獨幕劇九篇。

十二月

十三日　南京淪陷。

□ 司馬文森「戰時文藝通俗化運動」一書，由漢口黑白叢書社出版。

□洪深獨幕劇「飛將軍」一書，由漢口上海雜誌公司出版。

本年

□上海文化生活出版社出版「文學叢刊」，巴金主編，自五月起至三十一年一月止，共出三集，每集各十六冊。文化生活出版社爲抗戰起國內出版文學書籍最多，水準也最高的一個出版機構，主要負責人爲吳文林、巴金、靳以、陸蠡等。

□戰時出版社自抗戰起至二十八年止，出版叢書「戰時小叢刊」將近百冊，其中收有「戰時散文選」、「戰時小說選」、「戰時戲劇選」、「戰時詩歌選」各一冊。

□上海大時代出版社出版「抗戰文庫」，夏衍主編，自十一月月起，至十二月止，共出五種。分別爲碧泉「日本的逆流」，林克多「從陝北到晉北」，惲逸羣「抗戰與農民」，劉志堅「抗戰的戰術與戰略」——以上十一月出版；羊棗「蘇聯的國防」，十二月出版。

□上海、桂林、重慶等地「烽火社」出版「烽火小叢書」，巴金、靳以主編，自十一月起，至二十九年七月止，約出二十種。其中，收有巴金「控訴」，本年十一月出版；鄒荻帆詩集「在天門」，二十七年五月出版；茅盾散文集「炮火的洗禮」以及楊朔「潼關之夜」，二十八年四月出版；蕭乾「見聞」，二十八年九月出版；艾蕪「萌芽」，二十八年十月出版等。

□漢口華中圖書公司出版「抗戰戲劇叢書」，自十二月起，至二十七年六月止，共出六種，依序爲洪深「米」，本年十二月出版；陽翰笙「前夜」、「李秀成之死」、「塞上風雲」，二十七年一至四月出版；馬彥祥「古城的怒吼」，二十七年五月出版；陳白塵「漢奸」，二十七年六月出版。

二十七年

一月

一日　「中華全國戲劇界抗敵協會」在漢口成立。

「大公報」香港版創刊，蕭乾主編副刊「文藝」。

上海「救亡日報」在廣州復刊，由夏衍主編。

「抗到底」半月刊在漢口創刊，由老向主編；十期起改由何容主編；十五期起，移重慶出版；迄二十八年十一月二十日出至二十六期後停刊，該刊創刊宗旨在於倡導通俗文藝。

十一日　「新華日報」在武漢創刊，潘梓年任社長。十月二十五日遷重慶出版。

十七日　「中華全國歌詠協會」在武漢成立。

十八日　「抗戰日報」在長沙創刊，由田漢主持，魯彥、周立波先後主編「副刊」。

廿九日　「中華全國電影界抗敵協會」在武漢成立，張道藩、方治、羅明佑、邵醉翁、羅學濂、鄭用文、夏衍、田漢、阿英、洪深、沈西苓、史東山、袁牧之、孫瑜、應雲衛、趙丹、孫師毅等七十一人為理事。三月三十一日創刊會刊「抗戰電影」。

□　「抗戰漫畫」半月刊在漢口創刊，漢口漫畫宣傳隊編印，至二十九年十一月止，共出十五期。

□　郭沫若自傳「創造十年續編」，由上海北新書局出版。

二　月

六　日　軍委會「政治部」成立，陳誠任部長，周恩來、黃琪翔副之，張厲生任秘書長。政治部下設四廳，其中第三廳負責抗日宣傳工作。

三　月

五　日　「大風」旬刊在香港創刊，由陸丹林、陶亢德主編。

十五日　「彈花」文藝月刊在漢口創刊，由趙清閣主編，華中圖書公司發行，迄三十年八月出至三卷八期後在重慶停刊。主要撰稿人有老舍、老向、沙雁、王平陵、胡紹軒、謝冰瑩等。

十七日　女作家羅淑（一九〇三——　），在成都因難產病歿，享年三十六。

廿七日　「中華全國文藝界抗敵協會」（簡稱「文協」）在漢口成立，選邵力子、葉楚傖、馮玉祥、張道藩、王平陵、華林、陳紀瀅、何容、老向、姚蓬子、陳西瀅、胡秋原、胡紹軒、朱自清、許地山、郁達夫、朱光潛、盛成、徐蔚南、沙雁、郭沫若、茅盾、丁玲、巴金、鄭振鐸、田漢、謝六逸、穆木天、馮乃超、吳組緗、陽翰笙、曹靖華、洪深、樓適夷、胡風、老舍等共四十五人為理事；夏衍、潘孑農、宋之的等九人為監事。並由老舍任總務部主任，華林副之；王平陵任組織部主任，樓適夷副之；姚蓬子任出版部主任，老向副之；郁達夫任研究部主任，胡風副之。此外另聘梅林、葉以羣、趙清閣、謝守恒等為幹事。第一屆「文協」為避免國共左右兩派的操縱把持，並未設會長，中立的老舍事實上成為實際的負責人。此後文協在上海、廣州、長沙、桂林、成都、昆明、香港、延安、貴陽、曲江等地都先後成立分會。「文協」在出版方面，先後創刊中文會刊「抗戰文藝」、英文會刊「中國作家」（Chinese Writers）、前線增刊、詩歌專刊以及「抗戰文藝叢書」等。

□　巴金長篇小說「春」（「激流三部曲」之二），由上海開明書局出版。

□　蒲風「現代中國詩壇」，由廣州詩歌出版社出版。

四　月

一　日　政治部第三廳正式成立，由郭沫若任廳長，陽翰笙任三廳主任秘書。三廳下設五、六、七三處。第六處掌管藝術宣傳，田漢任處長。六處下設三科，第一科管戲劇音樂，洪深任科長，第二科管電影製作，鄭用之任科長，第三科管繪畫木刻，徐悲鴻任科長（後未到任）。

「自由中國」月刊在漢口創刊，由孫陵、臧雲遠合編，五月十日出版第二期，六月二十日出版第三期「高爾基逝世二週年特輯」後停刊。

十六日　「文藝陣地」半月刊在廣州創刊，茅盾主編。該刊創刊發表張天翼的短篇「華威先生」；第三期發表姚雪垠的成名作「差半車麥稭」，二者均為抗戰初期傑出的短篇小說。此外，在該刊成名的有年輕早逝的

十七日　文藝評論家李南桌。

廿一日　「文協」派郁達夫、盛成去臺兒莊慰勞，携「還我河山」錦旗一面和「告慰臺兒莊勝利將士書」一萬份。

廿六日　漢口文藝界在德明飯店招待英國詩人奧登（W. H. Auden 1907-73）及小說家衣修午德（Christopher Isherwood 1904- ）。二氏暢談對我國抗戰的觀感，並頌揚我國軍民的努力。

□　「七月」召開座談會，參加者有胡風、艾青、紺弩、歐陽凡海、吳組緗、奚如、鹿地亘等人，討論關於舊形式的利用問題。

□　田漢四幕劇「最後的勝利」，由漢口上海雜誌公司出版。

□　洗星編「抗戰獨幕劇集」，由漢口華中圖書公司出版。

□　艾青詩集「向太陽」，在武昌出版。

□　蒲風「抗戰詩歌講話」，由廣州詩歌出版社出版。

五　月

一　日　林憾廬主編的「宇宙風」旬刊，本日出版六十七期「南遷紀念號」，係由上海遷往廣州發行。

四　日　「文協」會刊「抗戰文藝」在漢口創刊，姚蓬子主編，初爲三日刊，後改周刊、半月刊、月刊，並遷重慶出版。三十五年五月四日出至十卷六期後停刊，爲抗戰期間出版時間最長，也最重要的文學刊物。

　　　　「文協」雲南分會成立，張克誠等爲常務理事，李劍秋等爲理事。

五　日　瞿秋白遺作「亂談及其他」，由上海霞社出版。

十四日　「抗戰文藝」一卷四期出版，載有茅盾、郁達夫、老舍、丁玲、馮乃超、王平陵、胡風等十八人「給周作人的一封公開信」，譴責周作人參加日寇在北平召開的「更生中國文化座談會」，「希能幡然悔悟，急速離平，間道南來，參加抗敵建國工作」。

□ 端木蕻良第一本長篇小說「大地的海」，由上海生活書店出版。

□ 阿英「抗戰期間的文學」一書，由廣州戰時出版社出版。

六　月

六　日　「中華全國美術界抗敵協會」在武昌成立，到會者一百餘人。大會推舉張善子、唐義精、徐悲鴻、吳作人、高龍生等爲理事，蔡元培、馮玉祥、張道藩、郭沫若、田漢等爲名譽理事。

十五日　「魯迅全集」二十巨冊，由上海魯迅全集出版社出版，前十冊爲創作，後十冊爲譯作，編輯工作由「魯迅先生紀念委員會」主持。

七　月

十三日　「文協」雲南分會會刊「文化崗位」月刊，在昆明創刊，共出八期。

廿九日　「文協」在中法比瑞同樂會歡迎「日本的泥脚」一書作者阿特萊女士。

□ 「文藝後防」旬刊在成都創刊，由周文、劉盛亞、王白野三人合編，迄九月出至八期後停刊。

□ 蘇雪林散文集「青鳥集」及「蠹魚集」二書，由長沙商務印書館出版。

八　月

一　日　「星島日報」在香港創刊，金仲華任總編輯，戴望舒編副刊「星辰」；穆時英編「娛樂」版。

四　日　駐漢口中央各行政機關全部遷移重慶。

□ 舒暢編「現代戲劇圖書目錄」，由漢口東方印務局出版。此目錄是我國「三十年來戲劇圖書出版物的一部總帳」。

□ 已故女作家羅淑第一本著作「生人妻」由巴金編輯，交上海文化生活出版社出版。收有羅淑短篇小說四篇，及巴金、黎烈文、靳以回憶紀念文三篇。

□ 于伶（尤競）處女作「女子公寓」（四幕劇），由上海劇藝社出版。

九　月

□ 誼社編選「第一年」，由上海未名書店出版。該書爲抗戰以來一年間有關小說、報告、獨幕劇、詩歌四種文學體裁的選集，厚達四五八頁，書後並附有茅盾的「抗戰文藝一年的回顧」一文。

十　月

一日　「掃蕩報」重慶版創刊，隸屬軍委會政治部。「前線日報」在安徽屯溪創刊。
「魯迅藝術學院」在延安成立，康生任院長，趙毅敏、沙可夫任副院長。

十日　重慶慶祝第一屆戲劇節，戲劇界五百餘人出席。會後舉行爲期三天的大規模街頭演出宣傳。

廿一日　廣州淪陷，作家分向香港、桂林等地流亡。

卅一日　武漢淪陷，「文協」等各單位隨政府遷往重慶。

十一月

一日　「中美日報」在上海創刊。

□ 蕭乾長篇小說「夢之谷」，由上海文化生活出版社出版。

□ 雜文集「邊鼓集」，由上海美商文滙有限公司出版，係作家文載道、周黎庵、柯靈、周木齋、屈軼（巴人）、風子（唐弢）等六人作品合集。

十二月

一日　「中央日報」貴陽版創刊。

一　日　梁實秋在其主編的重慶「中央日報」副刊「平明」上發表「編者的話」，云「于抗戰有關的材料，我們最爲歡迎，但是與抗戰無關的材料，只要眞實流暢，也是好的，不必勉強把抗戰截搭上去。至於空洞的抗戰八股，那是對誰都沒有益處的。」此「與抗戰無關論」一出，立卽引起軒然大波。「文協」部份作家以爲在影射他們，郭沫若、羅蓀、宋之的、姚蓬子、魏猛克、張天翼等紛紛爲文攻擊。當時重慶的「大公報」、「新蜀報」、「國民公報」等聲討梁氏的文章也有幾十篇。

三　日　「文協」襄陽分會成立，推選胡繩、臧克家等爲理事。

八　日　「益世報」昆明版創刊。

十四日　「文藝月刊」在延安創刊，由周揚主編。

十五日　「掃蕩報」漢口版移桂林復刊。

廿三日　「文協」宜昌分會在均縣成立，到會七十餘人，推選臧克家爲總務股長，姚雪垠爲指導股長，孫陵爲出版股長，田濤爲研究股長。

廿四日　音樂家張曙（一九○九——）在桂林因日機轟炸遇難，享年三十。

□　陳衡哲「衡哲散文集」（二册），由上海開明書局出版。

□　林語堂英文原著，鄭陀中譯之「吾國與吾民」上下册，由上海世界新聞出版社出版。

本　年

□　漢口上海雜誌公司出版「抗戰戲劇叢刊」，自一月起至四月止，出版多種。其中，收有尤競編「大衆劇選」一、二輯，一月出版；馬彥祥編「最佳抗戰劇選」，四月出版等。

□　廣州戰時出版社出版「戰時小叢書」，自一月起至五月止，共出十二種。其中，收有趙景深「戰時大鼓集」，一月出版；郭沫若詩集「戰聲」，一月出版；阿英「抗戰期間的文學」，五月出版等。

□　漢口戰時文化出版社出版「戰時文化叢書」，自一月起至五月止，共出六種，其中，收有郭沫若等著「抗戰詩選」，二月出版。

□漢口華中圖書公司出版「抗戰叢書」，自二月起至六月止，共出七種。其中，收有海萍「津浦線抗戰記」，二月出版；冼羣「抗戰獨幕劇集」，四月出版；梅林「烟臺烽火」，六月出版。

□廣州及漢口之上海雜誌公司出版「戰地生活叢刊」，自三月起至八月止，共出版十種。其中，收有天虛「兩個俘虜」，三月出版；羅烽「莫雲與韓爾謨少尉」，五月出版；舒羣「西線隨征記」，六月出版；丁玲、奚如合編「西北戰地服務團戲劇集」，八月出版。

□漢口大衆出版社出版「抗戰戲劇叢書」，自四月起至五月止，共出五種。其中，收有阿英「抗戰獨幕劇選」第一集，嘯龍「抗戰獨幕劇選」第二集，尤競「我們打衝鋒」——以上四月出版；張季純「塞外的狂濤」，尤競「血灑晴空」——以上五月出版。

□漢口新演劇社出版「戰時戲劇叢書」，自五月起至十二月止，出版多種。其中，收有章泯「生路」及「血」，均五月出版；葛一虹「戰時演劇論」，十二月出版。

□漢口上海雜誌公司出版「戰地報告叢刊」，自五月起至七月止，共出十種。其中，收有碧野「北方的原野」，田濤「黃河北岸」——以上五月出版，姚雪垠「戰地書簡」，李輝英「軍民之間」，張周「中華兒女」，曾克「在湯陰火線」——以上六月出版；石光「魯北煙塵」，七月出版。

□漢口、重慶、上海等地之生活書店出版「西北戰地服務團叢書」，丁玲主編，自七月起至二十八年三月止，共出十種。其中收有丁玲短篇集「一顆未出膛的槍彈」，九月出版；田間詩集「呈在大風砂里奔走的崗衛們」，七月出版；丁玲「一年」，二十八年三月出版等。

□長沙、重慶之商務印書館繼續出版「現代文藝叢書」，自七月起，至三十四年止，共出五種。其中收有蘇雪林的「蠹魚集」、「青鳥集」、「屠龍集」、「蟬蛻集」四册；以及袁昌英的「行年四十」。該叢書創刊於十九年一月，至二十六年抗戰前共有六種，抗戰初期曾短期停出，至本年七月起，始再開始出書。

□重慶藝文研究會出版「抗戰文藝叢書」，「中國文藝社」主編，獨立出版社發行，自八月起，至十一月止，共出八種。依序為王亞平詩集「中國兵的畫像」，老舍「四三一」，朱民威通訊「江南前線」，王平陵小說「東方的坦倫堡」，田濤報告「戰地剪影」，沙雁小說「要塞退出的時候」，盧冀野報告「炮火中流亡記」，冼星海歌曲「保衛祖國」。

□上海金星書店出版「國際文藝叢刊」，自八月起至三十年八月止，共出三種。依序為「中國大革命序曲」（原名「征服者」），法國馬爾勞作，王凡西譯，本年八月出版；「意大利的脈搏」（原名「豐塔馬拉」），意國西龍作，綺紋譯，二十八年五月出版；「震動世界的十日」，美國里特作，王凡西譯，三十年八月出版。

□重慶「藝文研究會」出版「抗戰戲劇叢書」，「中國文藝社」主編，獨立出版社發行，自九月起至二十八年一月止，共出六種。依序為胡紹軒「第七號美人頭」，王家齊「侵略的毒燄」，劉念渠「後方」，趙清閣「血債」，張道藩「最後關頭」，包起權「肉彈」（原名「苦心」）。

二十八年

一月

八日　「文協」雲南分會召開會員大會，改選理事，由馮素陶主持，總會理事穆木天、朱自清、施蟄存、沈從文為當然理事，當選理事有馮素陶、楚圖南、楊季生、顧頡剛等二十七人，候補理事有王秉心、雷濺波、張鏡秋、馮至等十三人。

十日　原在廣州出版之「救亡日報」，本日在桂林復刊。

胡風在「文協」擴大詩歌座談會上，以「戰爭以來詩的概觀」為題報告。

十一日　「魯迅風」周刊在上海創刊，名義上由馮夢雲主編，實際上由巴人、柯靈等前後主編。第十三期起改為半月刊，同年九月五日出至十九期後停刊。

十四日　「文協」成都分會成立，李劼人、謝文炳、羅念生、周太玄、熊佛西、周文等六十餘人到會，推選李劼人、周文、蕭軍等爲理事。

十七日　文字學家錢玄同（一八八七——　），在北平病歿，享年五十三。

□　老舍等著「抗戰文藝選」，由重慶獨立出版社出版。

二　月

十六日　「文協」成都分會會刊「筆陣」（月刊）創刊，編委有李劼人、鄧均吾、羅念生等。

「文協」延安分會會刊「文藝戰線」（月刊）創刊，由周揚主編，編委有成仿吾、艾思奇、周揚、何其芳、柯仲平、陳荒煤、劉白羽、丁玲等。

□　「文協」國際宣傳委員會舉行首次談話會，到會有胡風、王禮錫、王平陵、戈寶權、鄭伯奇、安娥等。決議致函世界各國文學團體及文學雜誌，致謝世界各國對中國抗戰表同情的作家，並計劃系統介紹中國抗戰文藝運動及作品於國外。同時，加聘林語堂、謝壽康、蕭石君爲駐法代表，熊式一、蘇芹生爲駐英代表，蕭三爲駐俄代表，胡天石爲駐日內瓦代表。

□　「文藝戰線」月刊創刊，「文協」延安分會編印。

□　趙清閣「抗戰戲劇概論」一書，由重慶上海雜誌公司出版。

三　月

一　日　「宇宙風乙刊」半月刊在上海創刊，由林憾廬、陶亢德主編。

十二日　「文協」長沙分會成立，由王亞平等人負責。

十七日　戲曲家吳梅（一八八四——　）在雲南大姚病歿，享年五十六。

廿一日　曾仲鳴（一八九六——　）在河內爲我特務人員擊斃。

廿六日　「文協」香港分會成立。但爲適應環境，決定名稱爲「中華全國文藝界協會留港會員通訊處」。出席者有許地山、陳衡哲、戴望舒、小默、杜衡、穆時英、葉靈鳳、袁水拍、馬國亮、徐遲、征軍、南木（羅吟圃）等七十一人。推選許地山、樓適夷、歐陽予倩、戴望舒等九人爲幹事。

卅一日　「黃河大合唱」由冼星海作曲，光未然（張文光）作詞，本日寫成。

□「改進」月刊在福建永安創刊，由黎烈文主編。

□老舍最有名的長篇小說「駱駝祥子」，由上海人間書屋出版。「駱駝祥子」原先在上海「宇宙風」二十五期至四十一期上連載，目前有英、日兩種譯本。

□李何林著「近二十年中國文藝思潮論」一書，由重慶生活書店出版。

□吳祖光處女作「鳳凰城」（四幕劇）一書，由重慶生活書店出版。

四　月

九　日　「文協」爲慶祝成立一週年，在重慶擧行年會，有一百五十餘人出席，由邵力子致開幕辭，老舍報告會務，並改選理事，選出本埠三十名，外埠十五名。

□胡適留學美國日記「藏暉室雜記」（四册），由上海亞東圖書館出版，計一一六九頁。

五　月

四　日　「文協」昆明分會正式成立，七十餘人到會，由朱自清、楊振聲、雷石楡等負責。會刊先後有「文化崗位」和「西南文藝」。

六　日　重慶各報因日機濫炸，社址及設備大部被燬，全市十家報紙——中央日報、大公報、時事新報、掃蕩報、國民公報、新蜀報、新民報、商務日報、西南日報、新華日報——出聯合版，在山洞中編印，至八月十二日結束，前後共九十九天。

九　日　本年「世界筆會」大會在美國紐約擧行，主席房龍，發表演講者有德國的湯瑪斯・曼，法國的莫洛亞以及林語堂等。林語堂的講辭爲「希特勒與魏忠賢」，講辭中譯曾載於十一月十六日出版之「宇宙風乙刊」第十七期。

十四日　「文協」延安分會成立，推選周揚、成仿吾、丁玲、艾思奇、柯仲平等爲理事，張庚、駱方等爲候補理事。

廿一日　「文協」理事會決定由老舍、胡風、王平陵、姚蓬子參加慰勞總會慰勞團，前往南北兩路勞軍。

□端木蕻良生平傑作「科爾沁旗草原」（長篇小說）一書，由上海開明書店出版，計五一八頁，列爲「開明文學新刊」之一。

六　月

□「文協」組織有「作家戰地訪問團」，由王禮錫任團長，宋之的任副團長，團員有葛一虹、方殷、楊朔、陳曉南、羅烽、白朗、江羣、楊騷、李輝英、張周、袁勃、錢新哲等十二人。該團於六月十八日出發前線訪問，九月七日返回重慶。他們曾集體寫成日記，以「筆游擊」題名，刊於十月十日出版的「抗戰文藝」四卷五、六期合刊上。團長王禮錫不幸於訪問途中，因黃膽病，逝於洛陽。「文協」於二十九年出有「作家戰地訪問團叢書」一套，其中收有以羣的「生長在戰地中」；羅烽的「糧食」；白朗的「我們十四個」等書。

□丘東平成名作「第七連」一書，由上海聯華書店出版，收有報告文學三篇、短篇小說二篇、人物特寫二篇。

七　月

十二日　「頂點」詩月刊在桂林創刊，由艾青、戴望舒合編，僅一期卽止。

王行巖（姜貴）（一九〇八——一九八〇）成名作「突圍」（長篇小說）一書，由上海世界書局出版，計一六〇頁，列爲鄭振鐸、巴人、孔另境三人合編的「大時代文藝叢書之八」。

八　月

廿六日　王禮錫（一八九九——　），在洛陽病歿，享年四十一。

三十日　上海「大美晚報」中文版副刊「夜光」主編朱惺公在上海爲敵僞人員暗殺殞命。

□　英文版「中國作家」在香港創刊，由馬耳（葉君健）主編。該刊爲「文協」總會與香港分會合辦刊物，以對外宣傳爲主，前後發行三期。

□　戲劇家宋春舫（一八九二——　），在青島因肺病去世，享年四十八。

□　沈從文散文集「湘西」，由長沙商務印書館出版。

□　李南桌「李南桌文藝論文集」，由生活書店出版。

□　新中國文藝社編「高爾基與中國」，由香港該社出版。

九　月

廿一日　經學家吳承社（一八八五——　），在天津爲日人慘殺，享年五十五。

□　「抗戰藝術」月刊在重慶創刊，軍委會政治部編印，至二十九年一月，共發行五期。

□　孫毓棠長詩「寶馬」，由上海文化生活出版社出版。

□　「中國文藝」月刊在北平創刊，由臺灣作家張深切（者也）主編，是華北淪陷區的重要文學刊物，主要撰稿者有周作人（知堂）、張鳴琦、洪炎秋（芸蘇）、張我軍、傅惜華、沈啓无、謝剛主、司徒珂、孫海波、史美鈞、畢基初、聞國新、謝人堡、吳興華、程心芬（枌）、林榕、查顯琳（公孫嬿）等。

十　月

二　日　「文協」桂林分會成立，出席會員百餘人，由梁寒操主席，推選魯彥、夏衍、胡愈之、林林、歐陽予倩、艾蕪、焦菊隱、黃藥眠、舒羣、盛成等二十五人爲理事；蘆荻、楊晦、向培良等十五人爲候補理事。

五　日　小說家葉紫（一九一二——　），在故鄉益陽病歿，享年二十八。

十三日　文評家李南桌，在香港病歿。

□林煥平「抗戰文藝評論集」，由香港民革出版社出版。

□駱賓基長篇小說「邊陲線上」，由桂林文化生活出版社出版，列爲巴金主編的「新時代小說叢刊」第四種。

十一月

□田漢等著「抗戰與戲劇」一書，由重慶獨立出版社出版。

□艾青詩集「他死在第二次」，由重慶上海雜誌公司出版，列爲鄭伯奇主編的「每月文庫一輯之六」。

十二月

□舒暢「抗戰戲劇史話」，由重慶獨立出版社出版。

本年

□上海世界書局出版「大時代文藝叢書」，鄭振鐸、巴人、孔另境主編，共出十一種。其中，收有郭源新等「十人集」，巴人「捫蝨談」，石靈「當他們夢醒的時候」，王行巖（姜貴）長篇「突圍」，柯靈「掠影集」，孔另境等著「橫眉集」，容廬（王統照）散文集「繁辭集」等。

□桂林、香港、重慶、上海等地之聯華書店、海燕出版社等出版「七月文叢」，胡風主編。至三十七年止，共出十多種。其中，有丘東平小說「第七連」，蕭軍小說「側面」，曹白「呼吸」，丁玲「我在霞村的時候」，S·M·「閘北七十三天」等。

□香港、桂林、重慶等地之聯華書店，南天出版社等出版「七月詩叢」，胡風主編。至三十六年十二月止，約出十三種。其中，收有莊湧「突圍令」，艾青「向太陽」及「北方」，胡風「我是初來的」，田間「給戰鬥者」，綠原「童話」，鄒荻帆「意志的賭徒」等。

□文化生活出版社出版「文季叢書」，巴金主編，自四月起至三十二年一月止，共出二十二種。其中，收有繆崇羣散文集「眷眷草」、「廢墟集」，李健吾劇本「撒謊世家」、「這不過是春天」、「黃花」，王統照散文集「去來今」，袁俊劇本「山城故事」，孫毓棠「寶馬」，沈從文「燭虛」，巴金「還魂草」，靳以「衆神」，何其芳「預言」，艾青「火把」，張天翼「速寫三篇」等。

□文化生活出版社出版「文學小叢刊」，巴金主編，自四月起至三十二年六月止，共出三集，約二十種。其中，收有艾青詩集「大堰河」，羅淑短篇集「地上的一角」、「魚兒坳」，蕭乾「灰燼」，沈從文散文集「昆明冬景」，巴金「黑土」，楊剛詩集「我站在地球中央」，李健吾「希伯先生」等。

□文化生活出版社出版「文化生活叢刊」，巴金主編，自九月起，至三十四年四月，共出十五種。其中，收有「愛與死的搏鬥」，法國羅曼羅蘭作，李健吾譯；「費嘉樂的結婚」，法國包馬曬作，吳達元譯；曾昭掄「緬邊日記」、「散文詩」，俄國屠格涅夫作，巴金譯；「日尼薇」，法國紀德作，盛澄華譯；「聖誕歡歌」，英國狄更斯作，方敬譯；「不幸的少女」，俄國屠格涅夫作，趙蔚青譯等。該叢書原自抗戰前二十四年五月開始出版，後因七七抗戰而停止，本年起始再續出。

□重慶、桂林等地的上海雜誌公司出版「每月文庫」，鄭伯奇主編，自五月起至三十年十月止，共出二輯，每輯各十種。其中收有陳白塵三幕劇「亂世男女」，老舍短篇集「火車集」，艾青詩集「他死在第二次」，蕭紅短篇集「曠野的呼喊」及長篇「呼蘭河傳」，田漢新歌劇「江漢漁歌」，臧克家詩集「淮上吟」等。

二十九年

一月

一日　重慶「新蜀報」副刊「蜀道」創刊，由姚蓬子主編。

十五日　「筆部隊」半月刊在桂林創刊，由孫陵主編，至五月出版第二期後停刊。主要撰稿者有巴金、艾蕪、舒羣、魯彥、立波、羅烽、靳以、姚雪垠等。

□「文學月報」在重慶創刊，由羅蓀、戈寶權主編。創刊號上有羅蓀的「抗戰文藝運動鳥瞰」一文。

□「新音樂」月刊在重慶創刊，新音樂社編印，主要作者有李凌、趙渢等。

二　月

一　日　「東線文藝」月刊在江西上饒創刊，由段夢萍、張煌主編。

六　日　「文協」成都分會舉行二屆年會，並改選蕭軍、李劼人、沙汀、劉開渠、趙其文、蕭蔓若、陶雄等為理事，毛一波、熊佛西、葉非洛等爲候補理事。

□「文協」廣東曲江分會成立，柳倩、胡耐安、鍾天心等當選理事。

□「文協」貴陽分會成立，謝六逸、蹇先艾、王亞明、李青崖等當選爲理事。

□「黃河月刊」在西安創刊，由謝冰瑩主編。

□胡風論文集「密雲期風習小記」，由香港海燕出版社出版。

三　月

一　日　「抗戰文藝」（桂刊）創刊，由「文協」桂林分會編印。

五　日　國立中央研究院院長蔡元培（一八六八——　），在香港病歿，享年七十三。

□老舍創作經驗談「老牛破車」一書，由上海人間書屋出版。

□蕭紅短篇小說集「曠野的呼喊」，由重慶上海雜誌公司出版，這是作者抗戰以來出版的第一本短篇集。

四　月

一　日　「戰國策」半月刊在昆明創刊，由出身清華之林同濟、陳銓、雷海宗等創辦，戰國策發行部發行，共出十七期，主要撰稿者有沈從文、何永佶（尹及、吉人）、洪思濟、朱光潛、郭岱西、費孝通等，大多爲西南聯大教授。

十四日　「文協」香港分會舉行大會，並改選許地山、喬木、楊剛、袁水拍、施蟄存等九人爲理事；陸丹林、劉思慕（小默）、葉君健（馬耳）、林煥平等爲候補理事，並通電申討汪精衛。

廿一日　林語堂全家自美抵港多日後，本日自港飛渝，與海戈、老向同寓北碚。

廿五日　「現代文藝」月刊在福建永安創刊，由王西彥、靳以等先後主編。

□　老舍四幕劇「殘霧」一書，由長沙商務印書館印行，列爲「大時代文藝叢書」之一，這是作者抗戰以來出版的第一本書。

□　「大衆文藝」月刊創刊，「文協」延安分會編印。

□　「文藝新地」月刊創刊，「文協」曲江分會編印。

□　巴金長篇小說「秋」（「激流三部曲」之三），由上海開明書店出版。

□　文評家邢桐華（勃生）在桂林病歿。

五　月

廿七日　復旦大學教授，「文摘」創辦人孫寒冰（一九〇二——　），在重慶爲日機炸死，享年三十九。

六　月

八　日　「益世報」重慶版創刊。

十二日　重慶臨江門「文協」總會會所被日機炸燬。

廿八日　小說家穆時英（一九一二——　）因出任汪僞政府之「國民新聞社」社長，爲軍統人員暗殺斃命。

□　艾青詩集「向太陽」，由香港海燕書店出版，列爲胡風主編的「七月詩叢之三」。

七月

二日　上海「大光通訊社」社長邵虛白，在上海爲敵僞人員暗殺。

十九日　上海「大美晚報」華文版經理張似旭（一九〇一——　），在上海爲敵僞人員暗殺。

□　蕭紅「回憶魯迅先生」一書，由重慶生活書店出版。

□　「文協」晉察冀分會成立，由成仿吾、沙克夫、周而復、袁勃等組成。

八月

一日　前廣西大學校長馬君武（一八八一——　），在廣西貴縣病歿，享年六十。

十七日　林語堂在渝經港飛回美國紐約前，於本日致函「文協」，願將其北碚蔡鍔路二十四號之私宅在抗戰期間捐贈作「文協」會所。

卅一日　托派詩人王獨清（一八九八——　），在上海病歿，享年四十三。

□　「野草」月刊在桂林創刊，由夏衍、秦似、孟超、宋雲彬、聶紺弩等主編，爲戰時著名的雜文刊物。

□　郭沫若「民族形式商兌」，由桂林南方出版社出版。

□　李長之「道教徒的詩人李白及其痛苦」，由長沙重慶商務印書館出版。

□　馮雪峯「魯迅論及其他」，由桂林充實社出版。

九月

三日　臺灣作家劉吶鷗（一九〇〇——　），因繼穆時英任上海「國民新聞社」社長，爲軍統人員暗殺斃命。

□　「政治部」改組，撤消第三廳。十一月，新立「文化工作委員會」，仍以郭沫若爲主委。

十月

十三日　「文協」桂林分會召開成立週年紀念會，並改選歐陽予倩、艾蕪、林林、宋雲彬、夏衍等十九人爲理事。

□曹禺四幕劇「蛻變」，由長沙商務印書館出版。

十一月

一日□「戲劇春秋」月刊在桂林創刊，由田漢、歐陽予倩、夏衍等主編，共出十期。

□「自由中國」（月刊）在桂林復刊，由孫陵主編，大地圖書公司總經售，共出八期。

十二月

□盧冀野「民族詩歌論集」，由重慶國民圖書出版社出版。

□巴金長篇小說「火」第一部，由上海開明書店出版。

十九日「文協」為鼓勵創作，選獎小說S．M．的「南京」，陳瘦竹的「春雷」、谷斯範的「新水滸」。

本年

□長沙商務印書館出版「大時代文藝叢書」，王平陵主編，至三十三年止，約出版二十種。本年出版者，有老舍「殘霧」，曹禺「蛻變」，李輝英「火花」等三種。

□永安改進出版社出版「現代文藝叢刊」，黎烈文主編，自六月起，至三十五年止，共出四輯。前三輯各出六種，第四輯僅出二種，合計共二十種。本年出版的第一輯中，收有聶紺弩的短篇「夜戲」，葛琴的短篇「生命」，王西彥的短篇「報復」，邵荃麟的劇本「麒麟寨」，艾蕪的散文集「雜草集」，唐弢的雜文集「勞薪集」等。

□正中書局出版「戰時戲劇叢書」，重慶國立戲劇學校主編。其中收有顧一樵三幕劇「古城烽火」，曹禺、宋之的合著「黑字二十八」，余上沅、王思曾合著四幕劇「從軍樂」等。

三十年

一月

一日　丁玲、舒羣、蕭軍等在延安組織「文藝月會」，並創辦會刊「文藝月報」。

十七日　「皖南事變」發生，國共磨擦達於高潮，在渝、桂等地的左翼作家極感不安，紛紛走避他地。在渝作家，如茅盾、宋之的、端木蕻良、杜國庠、鄒韜奮等潛赴香港；艾青前往延安；靳以前往福建南平。在桂作家，如胡愈之、黃藥眠、夏衍、林林、華嘉等皆前往香港。一時造成香港作家雲集，文學活動亦因而達到戰時之高潮。

□巴金長篇小說「火」第二部（一名「馮文淑」），由上海開明書店出版。

□蕭紅第一部長篇小說「馬伯樂」，由重慶大時代書局出版。

□高蘭「朗誦詩集」，由長沙商務印書館印行，列爲「大時代文藝叢書」之一。

□劉大杰「中國文學發展史」上卷，由上海中華書局出版。下冊則遲至三十八年一月始問世。

□林語堂英文長篇小說「京華煙雲」，由鄭陀、應元傑中譯，由上海春秋社出版部分成三冊出版，合計九九六頁。上冊名「道家的女兒」，中冊名「庭園的悲劇」，下冊名「秋之歌」。

二月

三日　上海「申報」編輯金華亭（一九〇二——　），在上海爲敵僞人員狙殺。

五日　洪深全家服毒自殺，遺書道：「一切都無辦法，政治、事業、家庭、經濟，如此艱難，不如且歸去。」經醫生急救後，終於脫險。

七日　國民政府成立「中央文化運動委員會」（簡稱「文運會」），張道藩任主任委員，潘公展、洪蘭友任副主任委員。

□　雜文期刊「蜀道文集」第一集出版，由姚蓬子主編，主要撰稿者有孫伏園、郭沫若、茅盾等。

□　林語堂英文著作「生活的藝術」，由黃嘉德譯成中文，上海西風社出版。

□　法國作家羅曼羅蘭原著，傅雷中譯之「約翰・克利斯朵夫」一書，由長沙商務印書館分成四冊出版，合計二三五〇頁，是新文學以來篇幅最厚的翻譯小說。

三　月

十五日　「文協」通信改選第三屆理事本日開票，選出郭沫若、茅盾、老舍、田漢、馮玉祥、葉楚傖、姚蓬子、王平陵等二十五名在渝理事；葉聖陶、曹禺、林語堂、邵力子四名各地理事；鄭振鐸、樓適夷二名上海理事；馬宗融、沙汀、黃芝崗、張恨水、潘梓年等十五名候補理事。

五　月

十六日　「解放日報」在延安創刊。

二十日　小說家、美術評論家滕固（一九〇一——　），在重慶病歿，享年四十一。

卅　日　本日爲詩人屈原投江自沉日，重慶詩歌工作者定是日爲「詩人節」，宗旨在效法屈原的精神。

□　袁俊（張駿祥）處女作「小城故事」（五幕劇），由上海文化生活出版社印行，列爲巴金主編的「文學叢刊七集」之一。

□　蕭紅長篇小說「呼蘭河傳」，由重慶上海雜誌公司出版，列爲「每月文庫二輯之五」。

六　月

一　日　「時代文學」月刊在香港創刊，由周鯨文、端木蕻良主編，時代批評社發行，迄十二月因香港淪陷而停

十五日　刊，共出七期，主要撰稿者有端木蕻良、巴人、茅盾、艾蕪、蕭紅、柳亞子、駱賓基等。
「文藝新哨」月刊在桂林創刊，由徐西東、吳鳳樓、羅洛汀等主編，迄三十一年十月十五日出二卷二期後停刊，共出八期。
「詩創作」月刊在桂林創刊，由胡危舟、陽太陽主編，詩創作社發行，迄三十二年秋停刊，共出十九期。主要撰稿人有李文釗、鄭思、穆木天、陽太陽、胡危舟、黃藥眠、胡明樹、張煌、韓北屏、彭燕郊、田間、艾青、孟超、S．M．鍾文敬、嚴杰人、焦菊隱、綠原、徐遲、林煥平、臧克家等。

七　月

五　日　「西北文藝」月刊創刊，由「文協」晉西分會編印。
廿二日　雜文家周木齋（一九〇六——　　）在上海病歿。
廿八日　小說家丘東平（一九一〇——　　），在蘇北與日軍戰鬥中爲國捐軀。
□　「文壇」月刊創刊，由「文協」曲江分會編印。
□　郭沫若「屈原研究」一書，由重慶羣益出版社出版。

八　月

四　日　臺灣作家，「文學研究會」發起人之一的香港大學教授許地山（一八九三——　　），在香港病歿，享年四十九。
十　日　「文化雜誌」月刊在桂林創刊，由邵荃麟主編，文化供應社發行，迄三十二年五月一日出至三卷四期後停刊，共出十六期。該刊雖爲綜合性刊物，但創有「文藝」專欄。

九　月

一　日　「筆談」半月刊在香港創刊，由茅盾主編，星羣書店發行，因香港淪陷而停刊，共出七期。

六　日　「大公報」創辦人張季鸞（一八八六——　），在重慶病歿，享年五十六。
十五日　「文藝生活」月刊在桂林創刊，由司馬文森主編，共出十八期。
十六日　「解放日報」副刊「文藝」創刊，由丁玲主編。
□　艾青「詩論」一書，由桂林三戶圖書社出版。
□　塞先艾散文集「離散集」，由桂林今日文藝社印行，這是作者抗戰以來所出的第一本書。

十　月

□　豐子愷「子愷近作散文集」一書，由成都普益圖書館出版。
□　茅盾長篇小說「腐蝕」，由香港華夏書店出版。該書係以「皖南事變」爲背景，前曾在香港「大衆生活」周刊上連載。

十　一　月

十五日　「穀雨」月刊創刊，由「文協」延安分會編印。
□　「詩刊」月刊在延安創刊，由艾青主編。
□　郭沫若散文集「羽書集」，由香港孟夏書店出版。
□　曹禺三幕劇「北京人」，由重慶文化生活出版社出版。

十　二　月

二　日　重慶大公報副刊「戰國」創刊，每週刊行一期，這是昆明「戰國策」停刊後再度復活，迄三十一年七月一日停刊，共出三十一期，主要撰稿人仍是林同濟、雷海宗、陳銓三人。
八　日　日本發動太平洋戰爭，上海淪陷。

十七日　電影藝術家、戲劇導演沈西苓（一九〇五——　），在重慶病歿，享年三十七。

十九日　詩人林庚白（一八九七——　），在香港中日軍流彈，傷重而亡，享年四十五。

廿五日　日軍占領香港，留居香港之文藝工作者多數又陸續返回內地。

□　錢鍾書處女作「寫在人生邊上」一書，由上海開明書店出版，列為「開明文學新刊」之一，收散文十篇。

本　年

□　「文訊」周刊創刊，「文協」成都分會編印。

□　桂林文獻出版社出版「野草叢書」，自五月起，至三十一年九月止，共出十一種。作者有聶紺弩、秦似、夏衍、林林、孟超、何家槐、宋雲彬、歐陽凡海等人。

□　重慶讀書出版社、文學書店等社出版「文學月報叢書」，自九月起至三十二年止，共出四種。

□　桂林「華胥社」出版「華胥社叢書」，至三十二年止，共出三種，皆為梁宗岱所著譯。本年出「屈原」，三十一年出「非古復古與科學精神」，三十二年出「交錯集」，里爾克等著，梁宗岱譯。

□　重慶「烽火社」出版「烽火叢」，靳以主編，至三十一年止，出不滿十種。其中，收有艾青的詩集「火把」，流金的「一年集」等。

三十一年

一　月

十五日　「文藝雜誌」月刊在桂林創刊，由魯彥主編，大地圖書公司發行，迄三十三年三月出至三卷三期後停刊，為抗戰中後期著名文學期刊之一。

廿二日　女作家蕭紅（一九一一——　），在香港病歿，享年三十二。
廿四日　郭沫若五幕歷史劇「屈原」，本日起在重慶中央日報「中央副刊」上連載，迄二月七日止連載完畢。
□　劉西渭（李健吾）書評集「咀華二集」，由上海文化生活出版社出版。
□　李辰冬「紅樓夢研究」一書，由重慶正中書局出版。

二　月

七　日　國民黨「中央文化運動委員會」聯合重慶三十六個機關團體舉辦「總動員文化界宣傳週」。開幕典禮由該會副主任委員潘公展主持，谷正綱、黃少谷等到會演講。「文協」爲此，假中央電臺舉辦廣播講座和詩歌朗誦。老舍是日在電臺主講「文藝界動員的意義」。
□　蹇先艾散文集「鄉談集」，由貴陽文通書局出版。

三　月

一　日　「文協」成都分會舉行年會，並改選李劼人、葉聖陶、陶雄、厲歌天、陳翔鶴、王余杞、王冰洋等七人爲理事。
五　日　陳銓五幕話劇「野玫瑰」在重慶抗建堂開始演出，轟動一時。
十五日　大型文藝刊物「創作月刊」在桂林創刊，張煌主編，華僑書店發行，共出七期。
二十日　「文壇」半月刊在重慶創刊，由姚蓬子、老舍、徐霞村、趙銘彝合編，作家書屋發行，迄三十二年四月出至二卷一期後停刊。
□　張恨水章回體長篇小說「八十一夢」，由重慶新民報社出版。
□　羅家倫散文集「新人生觀」一書，由重慶商務印書館印行，迄三十八年止，先後再版二十五次以上。
□　周作人散文集「藥味集」一書，由北平新民印書館出版。

□郭沫若「屈原」一劇，由重慶文林出版社出單行本。

三—四月 □丁玲在她主編的「解放日報」三月九日「文藝」副刊上，發表「三八節有感」。接著又發表艾青的「了解作家尊重作家」（十一日）、羅烽的「還是雜文時代」（十二日）、王實味的「野百合花」（十三日、二三日）、蕭軍的「論同志之『愛』與『耐』」（四月八日）。王實味還在「穀雨」上發表了「政治家、藝術家」。這些文章，後來都成為延安「文藝整風運動」的主要批判對象。

四　月

□郭沫若「蒲劍集」一書，由重慶文學書店出版，收有屈原研究及文藝和學術論文等二十二篇。

□魯彥短篇集「我們的喇叭」一書，由重慶烽火社出版，列為「吶喊文叢」第一本。

□陳銓四幕劇「野玫瑰」，由重慶商務印書館出版，列為「文史雜誌社叢書」之一，迄三十七年四月已發行九版，是戰時著名劇本之一。

□孫伏園「魯迅先生二三事」一書，由重慶作家書屋出版。

五　月

一　日 翻譯雜誌「文學譯報」月刊在桂林創刊，由蔣璐、伍孟昌、秦似、莊壽慈合編，文獻出版社發行，迄三十二年九月止，共出八期。創刊號上，有臺灣作家楊逵日文原作，經由胡明樹譯成中文的短篇創作「萫仔鷄」一文。

廿七日 中共發起人陳獨秀（一八七九——　）在四川江津病歿，享年六十四。

□延安文藝界於二日至二十三日召開「文藝座談會」，由毛澤東與何凱豐主持。該會事實上是「文藝整風運動」的先聲。毛澤東在該座談會上的兩次「講話」，至今仍為中共文藝政策的「金科玉律」。會後，中共開始清算王實味，加以托派之名。此後，王實味在延安失去了自由。據云王實味在三十六年三月十七日中共自延安撤退前後，為中共當局殺害。王實味（一九〇六——一九四七），河南潢川人，十四年九月入北京大學預科乙部英文班，學名思禕，當時與胡風（學名張光人）同班。二十年六月北大英語系畢業。

□張道藩主持的「文運會」爲獎勵文藝創作，而有「文藝獎助金管理委員會」之設。本月開始以「抗戰文藝叢書」名義出書，由重慶大陸圖書公司發行。第一册爲老舍的長詩「劍北篇」；第二册爲吳祖光的劇本「正氣歌」，六月出版；第三册爲吳組緗的長篇「鴨嘴澇」（又名「山洪」），三十二年三月出版；第四册爲沈起予的報告文學「人性的恢復」，三十二年六月出版；第五册爲洪深的劇本「黃白丹青」，三十一年十二月出版。

□卞之琳「十年詩草」一書，由桂林明日社出版，收十九至廿九年間所寫新詩七十六首。

□馮至「十四行集」一書，由桂林明日社出版，收有新詩二十七首，這是作者所寫第三本詩集，也是抗戰期間出版的唯一詩集，距第二本詩集「北遊及其他」有十三年之久。

□田漢、洪深、夏衍合著之四幕劇「風雨歸舟」，由桂林集美書店出版，列爲「戲劇春秋叢書」第二本。

□梁實秋翻譯之長篇小說「咆哮山莊」一書，由重慶商務印書館出版。

六　月

十一日　詩人李滿紅（一九一三——　），在陝西病歿，遺作「紅燈」由好友姚奔編印行世。

十五日　「抗戰文藝」七卷六期出版，收有「郭沫若先生創作生活二十五年紀念」和「魯迅先生逝世五週年」二個特輯，以及「『謝本師』周作人」的一組文章。

二十日　「文學報」在桂林創刊，由孫陵主編，中國書店發行。三十日出一卷二期，七月五日出一卷三期後停刊。三十二年五月十日復刊，卷期另起，僅出一期卽又終刊。

□茅盾長篇小說「刼後拾遺」一書，由桂林學藝出版社出版。

□孫陵「紅豆的故事」一書，由桂林文化生活出版社出版，列爲「吶喊小叢書」第八本，收有短篇小說四篇。

□　朱雙雲「初期職業話劇史料」一書，由重慶獨立出版社出版。

七　月

廿一日　作家陸蠡（一九〇八——　），前於本年四月在上海爲法租界巡捕房扣押轉交虹口日本憲兵隊，本日之後即杳無音訊，推測已慘遭毒手。

□　臺灣作家張深切在北平編輯「十三作家短篇名作集」一書，由新民印書館印行，計一九一頁。

□　郭沫若五幕歷史劇「棠棣之花」，由重慶作家書屋出版。

□　熊佛西「佛西抗戰戲劇集」一書，由重慶華中圖書公司出版，收有「囤積」、「搜查」、「人與傀儡」、「無名小卒」四個獨幕劇，和一個三幕劇「中華民族的子孫」。

八　月

一日　「國文雜誌」月刊在桂林創刊，由葉聖陶主編，迄三十三年五月十五日出至三卷二期後，因桂林疏散而停刊，共出十五期。三十四年四月二十日在重慶復刊，卷期續前，至三卷五、六期合刊後再度停刊。

十三日　「中國詩歌會」發起人之一詩人蒲風（一九一一——　）在皖南天長病歿，享年三十二。

□　朱自清「經典常談」一書，由桂林文光書店出版。

九　月

一日　「文化先鋒」周刊在重慶創刊，張道藩爲發行人，李辰冬主編。張道藩在創刊號上發表「我們所需要的文藝政策」一文，提出文藝要表現「民族意識」，即忠孝仁愛、信義和平所謂「八德」。接著，梁實秋教授也發表「關於『文藝政策』」，響應張文，提出他的「人性論」。後來「文運會」將討論有關此次「文藝政策」諸文編爲一書，名「文藝論戰」，三十三年七月由重慶正中書局出版。

十三日　「文學批評」月刊在桂林創刊，由王鬱天主編，大地圖書公司發行，翌年三月一日出第二期後停刊。

□　「華北作家協會」在北平成立，主要成員有周作人、錢稻孫、俞平伯、管翼賢、沈啓无、尤炳圻、楊丙辰、陳綿、畢樹棠、聞國新、趙蔭棠、張金壽、柳龍光、張鐵笙、黃道明、徐白林、王石子、袁犀、梅娘、關永吉等。翌年起，協會開始編印「華北文藝叢書」。

十五日　「文學創作」在桂林創刊，由熊佛西主編，迄三十三年六月出至三卷二期後停刊，共十四期。

□　靳以著名抗日長篇小說「前夕」（一——四部），由重慶文化生活出版社分訂二冊印行，厚達一一四三頁，列爲巴金主編的「現代長篇小說叢書」第三本。

□　穆木天「新的旅途」一書，由重慶文座出版社出版，收有新詩十九首，列爲鄭伯奇主編的「創作叢書之二」。這是作者第二本詩集，與十六年四月出版的處女作「旅心」詩集，相距十五年。

十　月

三　日　國民政府以梁啓超畢生盡瘁學問著作，於我國近代學術文化之貢獻至爲弘偉，因而明令褒揚。

十　日　「文藝先鋒」半月刊在重慶創刊，張道藩爲發行人，王進珊主編，該刊每卷六期，三十二年一月出二卷一期起，改爲月刊。該刊爲抗戰後期大後方的主要文學刊物。

□　「青年文藝」雙月刊在桂林創刊，由葛琴主編，白虹書店發行。

十三日　弘一法師李叔同（一八八〇——　　）在福建泉州圓寂，享年六十三。

十五日　「人世間」半月刊在桂林創刊，由女作家鳳子主編。

□　姚雪垠的「牛全德與紅蘿蔔」一書，由重慶文座出版社出版，列爲鄭伯奇主編的「創作叢書之二」。這是作者的第一本長篇小說。

□　郭沫若五幕歷史劇「虎符」，由重慶羣益出版社出版。

十一月

□　「蘇聯文藝」月刊在上海創刊，羅果夫主編。該刊是當時唯一專載蘇聯文藝作品的刊物。

□王藍第一本詩集「聖女、戰馬、槍」，由重慶紅藍出版社出版。

□于伶四幕劇「長夜行」，由桂林遠方書店出版，描寫上海愛國知識份子與敵僞鬥爭的故事。

□郭沫若最著名的譯作「少年維特之煩惱」一書，由重慶羣益出版社重排出版。該書初版於十一年四月，是新文學運動以來最爲暢銷，影響也最大的一本翻譯小說。

十二月

廿九日　「中國藝術劇社」在重慶成立，主要負責人爲于伶、金山、宋之的、司徒慧敏等。

卅　日　洪深五十壽辰慶祝大會在重慶舉行，與會來賓三百餘人，由老舍主持，郭沫若講話。

□劇作家熊佛西的第一本長篇小說「鐵苗」，由桂林三戶圖書社出版，描寫一羣熱血沸騰的青年在加入抗戰洪流後，如何堅守崗位與環境搏鬥。

□綠原第一本抒情詩集「童話」，在桂林出版，列爲胡風主編的「七月詩叢」之一。

□沈浮四幕劇「金玉滿堂」，由成都華西晚報出版社出版。

□曹禺四幕劇「家」，由重慶文化出版社出版。「家」係根據二十二年五月出版的巴金長篇小說「家」（「激流之一」）改編。

□李長之「批評精神」一書，由重慶南方印書館出版，收文藝批評論文十七篇，這是作者第一本文藝理論專書。

本　年

□王亞平、戈茅合著之「詩歌新論」一書，由重慶人間出版社出版。

□茅盾「文藝論文集」一書，由重慶羣益出版社出版，收論文十三篇。

□曹未風所譯莎士比亞劇本五種，由貴陽文通書局出版。二月出「仲夏夜之夢」，五月出「第十二夜」，

□六月出「微尼斯商人」，七月出「暴風雨」，九月出「凡隆納二紳士」。

□桂林「明日社」出版「西洋作家叢刊」，陳占元主編，自二月起，至三十三年五月止，共出五種。首册爲「山、水、陽光」，法國作家桑宋作，陳占元譯；其餘有「新的糧食」，紀德作，卞之琳譯，三十二年十月出版；「婦人學校」，亦紀德作，陳占元譯，三十三年五月出版等。

□文化生活出版社出版「現代長篇小說叢書」，巴金主編。自九月起，至三十三年十月止，共出十種，除去重版舊書六種外，新出者，主要有靳以的「前夕」；沙汀的「淘金記」，三十二年五月出版；巴金的「憩園」，三十三年十月出版等。

□重慶「中蘇文化協會」出版「蘇聯文學叢書」，曹靖華主編，自十一月起，至三十四年八月止，共出十四册。其中，收有「我怎樣學習寫作」，高爾基作，戈寶權譯；「復仇的火焰」，巴甫林科作，茅盾譯；「虹」，瓦希列夫斯基作，曹靖華譯；「人民是不朽的」，格羅斯曼作，茅盾譯；「演員自我修養」，史旦尼斯拉夫斯基作，鄭君里、章泯譯。其餘譯者有蕭三、鐵弦、曼斯、王元、葛一虹等。

□重慶東方書社出版「東方文藝叢書」，臧克家等主編，自十二月起，至三十三年三月止，共出八册。首册爲臧克家的長詩「古樹的花朵」（一名「范築先」），其餘有田仲濟的「情虛集」，三十二年二月出版；郭沫若的「今昔集」，三十二年十月出版；姚雪垠的「重逢」，三十二年十月出版；劉白羽的「金英」，三十三年三月出版等。

□教育部「學術審議會」議決，三十年度第一屆「學術研究及獎勵著作發明」獎中，獲得三等獎者四名，卽「文學」類邵祖平的「培風樓詩續存」，盧前的「中興鼓吹」，陳銓的「野玫瑰」（劇本），以及曹禺的「北京人」。

三十二年

一　月

□「戲劇月報」在重慶創刊，由陳白塵、袁俊、曹禺等主編，五十年代出版社發行，迄三十三年四月止，共出五期。

□張天翼短篇集「速寫三篇」，由重慶文化生活出版社出版，收「譚九先生的工作」、「華威先生」、「新生」三篇小說。

□沈浮三幕劇「重慶二十四小時」，由重慶聯友出版社出版。

□周佛海回憶錄「往矣集」，由上海古今出版社出版，列爲「古今叢書」第一本，迄三十三年四月已發行九版，是汪僞政權下最暢銷書之一。

□詩人臧克家「我的詩生活」一書，由重慶學習生活社出版，計七十四頁。

二月

十六日　自本日起，迄月底止，楊華在重慶「新華日報」上撰文五篇，批判陳銓、沈從文、梁實秋等人之文藝觀。

□何其芳「還鄉記」一書，由桂林工作社出版，收散文八篇。

□茅盾「白楊禮讚」一書，由桂林柔草社出版，收散文十八篇。

□文學史家田仲濟（藍海）的「情虛集」一書，由重慶東方書社出版，收散文五十二篇，是作者第一本散文集。

□老舍五幕劇「歸去來兮」，由重慶作家書屋出版。

□蕭賽「曹禺論」一書，由成都燕風出版社出版。

三月

十五日　「時與潮文藝」雙月刊在重慶創刊，孫晉三主編。該刊二卷起改爲月刊，至三十五年五月停刊，共出二十七期。該刊內容翻譯創作並收，水準高，爲抗戰後期大後方主要文學刊物。

廿七日　「文協」假重慶文化會堂舉行成立五週年紀念會，有百餘人參加，由老舍、茅盾、郭沫若、孫伏園、邵力子、張道藩等組成主席團。會上除投票改選理監事外，並通過取締任意編選偸印、救濟貧困作家、籌募文藝基金等提案多項。

「抗戰文藝」出版「文協成立五週年紀念特刊」一册，撰文者有老舍、郭沫若、茅盾、臧克家、姚雪垠、宋之的、葉以羣、梅林等。

卅日 「文協」本日開票選出新任理監事如下。在渝理事：老舍、茅盾、郭沫若、姚蓬子、張道藩、王平陵、邵力子、胡風、夏衍、孫伏園、宋之的、陽翰笙、徐霞村、姚雪垠、葉以羣、曹禺、陳紀瀅、馮乃超、馬宗融、李辰冬、梅林。外埠理事：巴金、張天翼、洪深、朱光潛、沙汀。候補理事：臧克家、戈寶權、孔羅蓀、徐盈、陳白塵、黃芝岡、陸晶清、王亞平、黎烈文、曹聚仁、張駿祥、葛一虹。監事：馮玉祥、葉楚傖、華林、鄭伯奇、曹靖華、潘梓年、謝冰心、張西曼、顧一樵。候補監事：馬彥祥、徐仲年、崔萬秋、張恨水。

□ 胡風派作家路翎（徐嗣興）處女作「饑餓的郭素娥」（長篇小說），由重慶南天出版社出版，列爲胡風主編的「七月新叢」之一。

□ 吳組湘的第一本長篇小說「鴨嘴澇」，由重慶文藝獎助金管理委員會出版；三十五年四月再版時，已改名爲「山洪」。

□ 熊佛西散文集「山水人物印象記」，由大道文化事業公司出版，收有「懷亡友許地山」、「憶志摩」、「懷白石老人」、「憶印度詩聖泰戈爾」、「懷北平」……等散文三十篇。

□ 前新月詩人孫毓棠著「傳記與文學」一書，由重慶正中書局出版，列爲顧一樵主編的「建國文藝叢書」第一本，收「論新傳記」、「歷史與文學」、「舊詩與新詩的節奏問題」、「談抗戰詩」等七篇。

四月

一日 「文協」新任理事假中國文藝社擧行會議，推老舍、徐霞村任總務組正副主任；王平陵、陳紀瀅爲組織組正副主任；胡風、姚雪垠為研究組正副主任；梅林為秘書。

十二日　短篇小說集「達生篇」一書作者萬廸鶴（一九〇七——　　），因貧病在四川巴縣去世，享年三十七。

□　朱自清「倫敦雜記」一書，由成都開明書局出版，收遊記十篇，為作者在抗戰期間所出版的唯一一本文學著作。

五　月

□　茅盾「見聞雜記」一書，由桂林文光書店出版，收有散文十八篇。

□　斯坦貝克反戰小說「月亮下去了」，由胡仲持譯，桂林開明書店出版；又同書第二譯本「月落」，由劉尊棋譯，重慶中外出版社同月出版。同書第三譯本「月落烏啼霜滿天」，由秦戈船（錢歌川）譯，本年八月，重慶中華書局出版。

十五日「藝叢」月刊在桂林創刊，由詩人孟超主編，集美書店發行，七月出版二期後停刊。

□　沙汀第一本長篇小說「淘金記」，由重慶文化生活出版社出版，列為巴金主編的「現代長篇小說叢書」第十一本。

□　朱光潛「談休養」一書，由重慶中周出版社出版，除序言外，收有二十二封在「中央周刊」上發表給現代中國青年的信，可看作「給青年的十二封信」一書的續作。

□　艾青「黎明的通知」一書，由桂林文化供應社出版，收新詩四十一首。

六　月

七　日　第三屆詩人節。「文運會」與「文協」聯合舉行文藝晚會，有張道藩、姚蓬子、宋之的、胡風、夏衍等六十餘人參加。

十　日　名翻譯家伍光建（一八六七——　　），在上海病歿，享年七十七。

□「中原」月刊在重慶創刊，由郭沫若主編，羣益出版社發行，迄三十四年十月出至二卷二期後停刊，共出六期。

□尹雪曼處女作「戰爭與春天」（短篇、散文集），由重慶商務印書館出版。

□沈從文「雲南看雲集」一書，由重慶國民圖書出版社出版，爲文藝雜論和書信集。

□姚雪垠「小說是怎樣寫成的」一書，由重慶商務印書館出版，列爲「大時代文藝叢書」第二本，收創作理論文章共三十九篇。

□英國喬叟原著，方重中譯之「屈羅勒斯與克麗西德」一書，由重慶古今出版社出版。

七　月

七日「民族文學」月刊在重慶創刊，由陳銓主編，青年書店發行，迄十二月止，共出四期。

十五日「新文學」月刊在桂林創刊，由蕭鐵主編，共出版四期。

廿三日國民政府「中央圖書雜誌審查委員會」規定，自八月一日起，凡屬中央機關及文化團體出版不公開發售的中英文刊物，均一律受審查。

□冰心「冰心散文集」一書，由桂林開明書店新排出版，列爲「冰心著作集之三」，全書計十六加三五一頁，除「自序」外，收文四十五篇。

□吳祖光四幕幻想劇「牛郎織女」，由成都啓文書局出版。

八　月

□冰心「冰心小說集」一書，由桂林開明書店新排出版，列爲「冰心著作集之一」，全書計十六加三〇五頁，除「自序」外，收短篇小說三十篇。

□田仲濟「雜文的藝術與修養」一書，由重慶東方書社出版，收論文五篇。

□袁俊五幕劇「美國總統號」，由重慶文化生活出版社出版，後來列為「袁俊戲劇集」第五種。

□康拉德原著，柳無忌中譯之「阿爾麥耶的愚蠢」一書，由重慶古今出版社出版。

九月

七日 重慶戲劇界人士洪深、馬彥祥、曹禺、潘孑農、孟君謀等五十餘人舉行茶會，慶祝應雲衛四十壽辰，由洪深擔任主席，並報告中國話劇的起源、發展以及應氏的貢獻。

□「世界文學」雙月刊在重慶創刊，由柳無忌、徐仲年、鍾憲民主編，出版第二期後停刊。

□沈從文長篇小說「邊城」，由桂林開明書局新排出版，列為「沈從文著作集」之一，計一二六頁。該書初版係二十三年十月由上海生活書店印行。

□男士（冰心）著「關於女人」一書，由重慶天地出版社出版。該書後來由作者增訂，於三十四年十一月改交上海開明書局印行。

□冰心「冰心詩集」一書，由桂林開明書局新排出版，列為「冰心著作集之二」，全書計十六加二七三頁，除「自序」外，收新詩三十六首。

十月

五日 「文學雜誌」月刊在桂林創刊，由孫陵主編，大地圖書公司發行，十一月五日出版第二期後停刊。

十日 「劇協」桂林分會在廣西劇場舉行「慶祝第五屆戲劇節」大會。到會團體有「省藝術館」、「新中國劇社」等，大會由歐陽予倩主持，田漢致辭。

□戰前「新生」周刊主編，以登載「閒話皇帝」一文被政府判刑一年兩個月的政論家杜重遠（一八九九——　），為盛世才謀害，瘐死迪化獄中，享年四十五。

□茅盾長篇小說「霜葉紅似二月花」，由桂林華華書店出版，計三三一頁。

□紀德原著，卞之琳中譯之長篇小說「新的糧食」，由桂林明日社出版。

十一月

十一日 □「戲劇時代」月刊在重慶創刊，由洪深、馬彥祥、吳祖光、焦菊隱、劉念渠等主編，文風書局發行，迄三十三年十月出至一卷六期後停刊。該刊第三期有「紀念戲劇節特輯」。

□田間詩集「給戰鬥者」，由桂林海天出版社出版，列為胡風主編的「七月詩叢」之一。

□宋之的、夏衍、于伶合著之五幕劇「戲劇春秋」，由重慶未林出版社出版，列為「現代劇叢之一」。

□于伶四幕劇「杏花春雨江南」，由重慶美學出版社出版，列為「海濱小集之五」。

□以羣編輯之「戰鬥的素繪」（抗戰以來報告文學選集）一書，由重慶作家書屋出版，收文十二篇，並附有以羣的代序——論抗戰以來的報告文學。

□聞一多「時代的鼓手——讀田間的詩」一文，發表於昆明「生活導報周年紀念文集」，田間聲名為之大噪。

十二月

十五日 作家夏丏尊與章錫琛、潘公望等三十九人，在上海為日本憲兵逮捕，關了十天後才全部釋放，夏丏尊身體健康因而大損。

二五日 「中國著作人協會」發起人會議在重慶文化會堂舉行，推定潘公展為召集人，魯覺吾兼總幹事，還推定了十六名籌備員。

二八日 詩人萬湜思（姚思銓，一九一六——一九四三），在浙江縉雲病歿，享年二十八。

三十日 「文協」與中國文藝社在重慶文化會堂舉行辭年懇談會，到會一百多人，由孫伏園擔任主席，胡風主持會議。常任俠、馮雪峯、陽翰笙等圍繞「一年來文藝成果的觀感」發表意見。

□「文風雜誌」月刊在重慶創刊，由韓侍桁主編，文風書店發行，迄三十三年八月出至一卷六期後停刊。

□趙樹理「李有才板話」一書，由華北新華書店出版，收有短篇小說三篇。
□沈從文「從文自傳」一書，由上海開明書店改訂初版，列爲「沈從文著作集」之一。
□沈從文「湘行散記」一書，由上海開明書店改訂初版，收散文十一篇，列爲「沈從文著作集」之一。
□馮雪峯抒情詩集「眞實之歌」（「荒野斷抒」上卷），由重慶作家書屋出版。
□老舍、趙清閣合著之四幕劇「桃李春風」，由成都中西書局出版，列爲「文協成都分會創作叢書」之一。
□郭沫若四幕歷史劇「孔雀膽」，由重慶羣益出版社出版。
□李廣田第一本文學理論專書「詩的藝術」，由重慶開明書店出版，列爲「開明文學新刊」，收文五篇。
□洪深「戲的唸詞與詩的朗誦」一書，由重慶美學出版社出版，書前有郭沫若寫的序。
□傑克倫敦原著，周行中譯之長篇小說「馬丁・伊登」，由桂林文學編譯社出版，計五四九頁，列爲胡風主編的「世界文學譯叢」之一。
□錢鍾書處女作「寫在人生邊上」（散文集），由開明書店出版。

本　年

□北平「華北作家協會」編印「華北文藝叢書」，自九月起，至三十四年六月止，共出九種。其中，第一册爲張金壽短篇集「京西集」；第二册爲開國新長篇「蓉蓉」，三十二年十一月出版；第三册爲陳綿劇集「半夜」，三十三年三月出版；第四册爲袁犀短篇集「森林的寂寞」，三十三年八月出版；第五册爲梅娘短篇集「蟹」，三十三年十一月出版；第九册爲趙蔭棠長篇「影」，三十四年六月出版。
□教育部三一年度（第二屆）學術獎勵獎，「文學」類獲三等獎者三名，爲王力的「中國語法理論」，唐玉虬的「國聲集及入蜀稿」，孫爲霆的「巴山樵唱」。
□「文復會」文藝獎助金委員會分別於二月、八月，出版「文學名著譯叢」二册。首册爲「白癡」，俄國托思妥以夫斯基作，徐霞村譯；二册爲「哥薩克人」，俄國托爾斯泰作，韓侍桁譯。

□重慶南天出版社出版「七月新叢」，胡風主編，自三月起，至三十四年三月止，共出四種。第一册爲路翎長篇「饑餓的郭素娥」；第二册爲丘東平短篇集「第七連」，三十三年二月出版；第三册爲胡風論文集「民族戰爭與文藝性格」，三十四年一月出版；第四册爲路翎的短篇集「青春的祝福」。

□重慶正中書局自三月起，出版「建國文藝叢書」，至抗戰結束共出三册。依序爲孫毓棠「傳記與文學」，陳銓長篇「狂飈」，老舍劇本「面子問題」。

□重慶國訊書店出版「國訊文藝叢書」，自十月起，至三十三年十月止，共出六種。其中收有洗羣的「飛花曲」；英作家莫德的「托爾斯泰傳」，徐遲譯；蘇聯作家奧司托洛夫司基長篇「鋼鐵是怎樣煉成的」，彌沙譯。

□「文協」成都分會分別於十一、十二兩月出版「創作叢書」二種，依序爲臧克家詩集「國旗飄在雅雀尖」，老舍、趙清閣合著的劇本「桃李春風」。

□重慶建中出版社，出版「建中文藝叢書」，由陳紀瀅主編，自十二月起，至三十三年二月止，共出三册。依序爲高蘭「高蘭朗誦詩集」（二輯），三十二年十二月出版；田仲濟「發微集」、王余杞「海河淚淚流」——以上三十三年二月出版。

□重慶新生圖書文具公司出版「作風文藝小叢書」，由徐訏主編，至三十三年止，共出四種。其中有姚蘇鳳的「之子于歸」；紀德小說「地糧」，盛澄華譯；美國作家馬關之小說「波城世家」，林疑今譯，三書均三十二年出版。美作家多蘭著「美國現代的小說」，胡曦譯，三十三年出版。

□重慶正中書局出版「現代文藝叢書」，由張道藩主編，至三十五年止共出七種。其中，有孫望詩集「煤礦夫」，常任俠「民俗藝術考古論集」，高植「後方集」，王進珊「山居小品」等。

三十三年

一月

一日「當代文藝」月刊在桂林創刊，由熊佛西主編，共出六期。

□「文潮」月刊在上海創刊，由馬博良（馬朗）、魏上吼主編，天下出版社發行，迄三十四年三月出至二卷一期後停刊，共出七期。

□「中國文學」月刊在北平創刊，由柳龍光主編，華北作家協會發行，共出十一期。該刊係由「中國文藝」與「華北作家月報」二刊合併而成，爲華北淪陷區主要文學刊物之一。

□周作人「藥堂雜文」一書，由北平新民印書館出版，收散文二十七篇。

□味橄（錢歌川）「巴山隨筆」一書，由重慶中華書局出版，收散文二十四篇。

□趙清閣五幕悲劇「此恨綿綿」，由重慶新中華文藝社出版，此係據「咆哮山莊」一書改編而成的。

□楊絳女士處女作「稱心如意」（四幕喜劇），由上海世界書局出版，列爲孔另境主編的「劇本叢刊第一集」之一。

□姚克處女作「清宮怨」（四幕歷史劇），由上海世界書局出版，列爲孔另境主編的「劇本叢刊第一集」之一。

□田漢五幕劇「秋聲賦」，由桂林文人出版社出版。

二　月

十五日　國民政府定二月十五日爲首屆戲劇節，教育部優良劇本審查委員會公布「桃李春風」（老舍、趙清閣合著）、「蛻變」（曹禺著）、「杏花春雨江南」（于伶著）、「金玉滿堂」（沈浮著）四種劇本作者及導演者均獲獎。

爲慶祝戲劇節，「劇協」在重慶文化會堂擧行慶祝會，洪深、陳白塵、曹禺、馬彥祥、黃芝崗等出席。

「西南第一屆戲劇展覽會」在桂林揭幕，有二十三個戲劇團體參加。會期長達九十餘天，迄五月十九日閉幕。

三　月

一　日　「西南第一次戲劇工作者代表大會」在桂林之廣西藝術館新厦揭幕，會期十七天。首日到會者有田漢、

廿四日 熊佛西、歐陽予倩等，以及抵桂的各團隊二十九個單位約千餘人。名油畫家唐一禾（一九〇五——　　），由江津赴重慶途中，因江船遇難，不幸去世，享年四十。

□「詩領土」月刊在上海創刊，由路易士（紀弦）主編，迄十二月止，共出五期。

□丁玲「我在霞村的時候」一書，由桂林遠方書店出版，收短篇小說七篇，列爲胡風主編的「七月文叢」之一，此係作者抗戰以來所出版的第一本小說集。

□老舍「貧血集」一書，由重慶文聿出版社出版，收短篇小說五篇。

□郭沫若五幕歷史劇「南冠草」，由重慶羣益出版社出版。

□莎士比亞原著，曹禺中譯之「柔蜜歐與幽麗葉」一書，由重慶文化生活出版社出版，列爲黃源主編的「譯文叢書」之一。

四　月

十六日 「文協」舉行第六屆年會，邵力子、張道藩、潘公展、老舍、茅盾、曹禺、胡風、夏衍等一百五十餘人到會參加。由邵力子致開幕辭，老舍報告會務，胡風代讀年會論文。

十七日 重慶文藝界舉行茶會，紀念老舍創作二十週年。

二十日 「文協」桂林分會開會慶祝總會成立六週年，出席者達千餘人，由田漢擔任主席。柳亞子、歐陽予倩、熊佛西、邵荃麟、許幸之等人進行演講。柳亞子要求把「抗戰、團結、民主」作爲文藝創作的三大目標。

廿八日 「文協」桂林分會舉行慶祝會，祝賀歐陽予倩五十六壽辰和創作三十二週年。

□端木蕻良長篇小說「大江」，由桂林良友復興圖書印刷公司出版。

□姚雪垠長篇小說「春暖花開的時候」第一分册，本月由重慶現代出版社出版；第二分册於五月出版；第三分册於九月出版，三册合計六一〇頁。

□ 沈從文散文集「湘西」（一名「沅水流域識小錄」），由贛縣開明書店改訂出版，列爲「沈從文著作集」之一。

□ 女作家蘇青（馮和儀）處女作「浣錦集」（散文集），由上海天地出版社出版。

□ 廢名（馮文炳）、開元（沈啓无）合著詩集「水邊」，由北平新民印書館出版，計一〇六頁，收新詩三十五首。其中，廢名詩十六首，開元詩十七首。

□ 夏衍、宋之的、于伶合著之三幕劇「草木皆兵」，由重慶未林出版社出版，列爲「現代劇叢」第二本。

五　月

三　日　文化界人士孫伏園、曹禺、潘孑農、吳藻溪等五十餘人在重慶百齡餐廳舉行茶會，商討關於言論出版自由等問題，一致要求取消新聞圖書雜誌及戲劇演出審查制度。

廿八日　桂林文化界人士爲柳亞子五十八壽辰舉行慶祝茶會，到會一百多人，由田漢致祝壽詞。

□ 駱賓基長篇小說「姜步畏家史」（第一部：幼年），由桂林三戶圖書社出版。

□ 周作人「書房一角」一書，由北平新民印書館出版，列爲「藝文社」主編的「藝文叢書」第一本。

□ 黃藥眠「論詩」一書，由桂林遠方書店出版，收詩論十四篇。

六　月

廿五日　胡風、臧克家、王亞平、臧雲遠、柳倩等五十餘人假重慶文化工作委員會會址慶祝詩人節。並由何其芳報告華北敵後詩歌活動，戈寶權演講蘇聯的抗戰詩歌，柳倩朗誦其詩作和蒙古民歌。

□ 常風書評集「棄餘集」，由北平新民印書館出版，列爲「藝文社」主編的「藝文叢書」第三本。

□ 豐子愷「教師日記」一書，由重慶崇德書店出版。

□ 張恨水「水滸人物論讚」一書，由重慶萬象週刊社出版。

七　月

十五日　□「文協」為援助貧病作家，發表籌募基金緣起，希望愛好文藝者「樂為輸將」。

廿四日　作家兼出版家鄒韜奮（一八九五——　），在上海病歿，享年五十。

□無名氏（卜乃夫）處女作「北極風情畫」（長篇小說），在西安出版，迄三十七年十月，已發行十三版，是無名氏的暢銷書之一。

□田濤第一本長篇小說「地層」，由重慶東方書社出版。

□蘇青第一本長篇小說「結婚十年」，由上海天地出版社出版，迄三十四年六月，已發行十二版。

□「文藝論戰」一書，由重慶中央文化運動委員會印行，計二五二頁，收論文十八篇，作者有張道藩、梁實秋、趙友培、丁伯騮、夏貫中、王夢鷗、常任俠、翁大草、易君左、王平陵、王集叢、太虛、羅正緯、陳銓、李辰冬等十五人。其中，居首的張道藩「我們所需要的文藝政策」一文，在「文化先鋒」創刊號發表後，即引起一連串的反響。

八　月

廿一日　名作家魯彥（一九〇一——　），在桂林病歿，享年四十四。

□「微波」月刊在重慶創刊，由陳紀瀅、姚雪垠、田仲濟合編，文信書店發行，共出三期。

□陽翰笙六幕歷史劇「天國春秋」，由重慶羣益出版社出版。

九　月

十七日　「文協」昆明分會為響應總會援助貧病作家號召，召開會員大會，商定募集基金之具體辦法，同時改選聞一多、徐夢麟、李何林、高寒、常任俠等二十人為理監事。

□「抗戰文藝」九卷三、四期合刊出版，載有「文協成立六週年特輯」以及「老舍先生創作生活二十年紀念文選輯」。

□女作家張愛玲處女作「傳奇」一書，由上海雜誌社出版，收有短篇小說十篇。

□陳紀瀅短篇集「新中國幼苗的成長」一書，由重慶建中出版社出版，計三〇四頁，書中附有豐子愷插畫。是書後來曾榮獲教育部三十三年度文學類獎金。

□周作人散文集「秉燭後談」一書，由北平新民印書館出版，列爲「藝文社」主編的「藝文叢書」第六本。

□歐陽予倩「回家以後」一劇，由重慶中周出版社出版。

□契訶夫劇本「萬尼亞舅舅」，由麗尼（郭安仁）譯，重慶文化生活出版社出版。

十月

□巴金長篇小說「憩園」，由重慶文化生活出版社出版，列爲「現代長篇小說叢刊」第九本。

□無名氏長篇小說「塔裏的女人」，在西安出版，迄三十七年十月，已發行十三版，與「北極風情畫」兩書是無名氏的最暢銷書。

□吳祖光四幕劇「夜奔」，由重慶未林出版社出版。又，五幕劇「風雪夜歸人」，由重慶新聯出版公司出版。

□袁俊四幕劇「萬世師表」，由重慶新聯出版公司出版。後來列爲「袁俊戲劇集」第四種。

□阿英「中國俗文學研究」，由上海中國聯合出版公司出版。

十一月

一　日　「高原」月刊在西安創刊。

五　日　張道藩、潘公展等發起的「中國著作人協會」在重慶廣播大廈開成立大會。

廿五日　「文協」假中國文藝社舉行茶會，歡迎湘桂來渝會友，艾蕪、邵荃麟等報告湘桂文藝工作者近況。

□無名氏短篇集「一百萬年以前」，在西安出版，迄三十七年十一月，發行五版。

□周作人散文集「苦口甘口」，由上海太平書局出版，收文二十一篇。

□文載道隨筆集「文抄」，由北平新民印書館出版，列爲「藝文社」主編的「藝文叢書」第七本。

□胡風雜文集「棘源草」，由重慶南天出版社出版，收雜文二十一篇。

□馮雪峯雜文集「鄉風與市風」，由重慶作家書屋出版，收雜文四十一篇。此是作者第一本雜文集。

□艾青詩集「雪裏鑽」，由重慶新羣出版社出版，收新詩二首。

□袁俊三幕劇「山城故事」，由重慶文化生活出版社出版，列爲「袁俊戲劇集」第三種。

□馮文炳「談新詩」一書，由北平新民印書館出版，列爲「藝文社」主編的「藝文叢書」第五本。此係馮文炳用北大教學講義編印成書者。

□田禽「中國戲劇運動」（新中國戲劇簡評）一書，由重慶商務印書館出版。

□徐遲「美文集」一書，由重慶美學出版社出版，列爲「海濱小集」第十一本，收有文藝理論與雜文共十五篇。

十二月

十五日 湘桂戰局緊張，後撤的文化人宋雲彬、彭燕郊、嚴杰人、劉獅、華嘉、伍禾等六十三人抵渝。

二十日 「文學新報」半月刊在重慶創刊，由蕭蔓若主編，羣益出版社發行。

廿六日 □世界書局版「莎士比亞全集」譯者朱生豪（一九一二——　），在故鄉嘉興病歿，享年三十三。

□臧克家「十年詩選」一書，由重慶現代出版社出版，列爲「現代文藝叢書」第二本，收有新詩七十首。此書係作者四十週歲紀念選集。

本年

□北平新民印書館，出版「藝文叢書」，自四月起至十一月止，共出八冊。除前述周作人、常風、馮文炳、文載道諸人所作五書外，另有「賊及其他」（各國短篇集），畢樹棠譯，四月出版；聞國新短篇集「落花時節」，四月出版；沙里長篇「塵」，十一月出版。以上諸人，都可說是落水作家。

□「文協」成都分會分別在四月及六月出版「翻譯叢書」二種。其一為「單身姑娘」，法國馬格利特作，李劼人譯；另一為「敵後的揷曲」（各國短篇集），陶雄譯。

□上海世界書局，出版「羅曼羅蘭戲劇叢刊」，賀之才譯，自四月起，至十一月止共出七册。分別為「丹東」、「愛與死之賭」、「羣狼」——以上四月出版，「聖路易」、「李柳麗」、「哀爾帝」、「理智之勝利」——以上十一月出版。

□重慶自強出版社，出版「新綠叢輯」，由茅盾主編，自四月起至三十四年十月止，共出四册。其中，郁茹的「遙遠的愛」，三十三年四月出版；艾明之的「上海廿四小時」，三十四年十月出版。

□重慶紅藍出版社出版「紅藍文藝叢書」，王藍主編，共出五册。其中有張秀亞的「珂羅佐女郎」，王藍的「銀町」，以及張煌的「花是怎樣開的」等。

□重慶正中書局出版「現代戲劇叢書」，由張道藩主編，至三十四年止，共出二種，即王夢鷗「燕市風沙錄」，三十三年出版；王右家（女）「雨夜」，三十四年出版。

□上海世界書局出版「俄國名劇叢刊」，共十二種，芳信譯。其中，收有果戈里的「欽差大臣」，奧斯特洛夫斯基的「大雷雨」，托爾斯泰的「黑暗之勢力」，高爾基的「下層」，契訶夫的「櫻桃園」，卡泰耶夫的「新婚交響曲」等。

□上海世界書局出版「劇本叢刊」，孔另境主編，至三十四年止，共出五集，每集各十册，合計五十册。這是新文學以來出版劇本最多的一次。作者有魯思、顧仲彝、李健吾、孔另境、楊絳（女）、王文顯、石華父、方君逸、姚克、周貽白、鄧昭暉、魏於潛、朱端鈞、袁牧之、袁俊、洪謨、胡導、佐臨、吳仞之、錫金、黃鶴等二十一人。除王文顯及袁俊外，餘人均為留滬劇作家。

□教育部三十二年（第三屆）學術獎勵獎，「文學」類獲二等獎者一人，即朱光潛的「詩論」；獲三等獎者五人，即程伯臧「影史樓詩鈔」，宗威「度遼吟草及刼餘吹」，洪深「戲的唸詞與詩的朗誦」，高華年「昆明核桃等村土語研究」，鄒質夫「斷藤記傳奇」。

三十四年

一　月

六　日　「文協」三臺分會假東北大學禮堂成立大會，到會四、五百人。本月創刊會報「文學期刊」（月刊），由馮沅君主編。

十五日　散文家繆崇羣（一九〇七——　），在重慶病歿，享年三十九。

□「文協」贛州分會成立，負責人爲王西彥、李白鳳、朱潔夫等。

□「藝文誌」月刊在重慶創刊，由聶紺弩主編。共出二期。

□「希望」月刊在重慶創刊，由胡風主編。在創刊號上，胡風系大將舒蕪發表「論主觀」一文，胡風也以「論主觀」爲理論基礎，發表「置身在爲民主的鬥爭里」一文。該二文受到中共文藝理論家不斷的嚴厲批判。一九五五年，在中共僭佔大陸六年之後，胡風及其集團終被中共整肅下獄。

□沈從文長篇小說「長河」，由昆明文聚社出版，是作者在抗戰期間所寫的唯一一本長篇小說。

□葉聖陶「西川集」一書，由重慶文光書店出版，列爲「文光叢書」第四本，收有散文、隨筆、文藝短論共二十篇。

□張愛玲「流言」一書，由上海街燈書報社出版，收散文三十篇。

□穆旦詩集「探險者」，由昆明文聚社出版，列爲「文聚叢書」之一，計八三頁，收新詩二十五首。

□楊絳五幕喜劇「弄假成眞」，由世界書局出版，列爲「劇本叢刊第四集」之一。

□胡風批評論文集「民族戰爭與文藝性格」，由重慶南天出版社出版，列爲自編之「七月新叢」第三本，收文藝論文十九篇。

二　月

十五日　「劇協」在「文運會」會堂舉行慶祝戲劇節大會。

二三日　重慶文化界郭沫若、茅盾、夏衍、巴金、老舍、馮雪峯、柳亞子、陶行知、胡繩等三百餘人在報上發表由郭沫若起草的「文化界對時局進言」，提出六點意見。

□　何其芳詩集「預言」，由重慶文化生活出版社出版，列爲「文季叢書」第十九本，收有二十至二十六年間所寫新詩三十四首。

□　陳白塵三幕劇「歲寒圖」，由重慶羣益出版社出版，列爲「羣益現代劇叢之二」。

□　紀德原著，盛澄華中譯的長篇小說「僞幣製造者」，由重慶文化生活出版社分訂二册出版，列爲黃源主編的「譯文叢書」之一。

三　月

十　日　貴陽「貴州日報」文藝副刊「新壘」創刊，由蹇先艾主編。

十二日　昆明文化界三百餘人發表「關於挽救當前危局的主張」。

十八日　重慶文化界在「文工會」開會，慶祝王亞平創作十五週年。

二五日　重慶文化界舉行羅曼・羅蘭追悼大會，各國使節應邀出席，郭沫若代表「文協」致悼詞。

三十日　國民政府下令解散由郭沫若主持的「文化工作委員會」。

□　路翎中短篇集「青春的祝福」一書，由重慶南天出版社出版，計五〇三頁，列爲胡風主編的「七月新叢」第四本。

□　郭沫若學術著作「青銅時代」，由重慶文治出版社出版。

四　月

六　日　報載：「文協」昆明分會參與籌辦文藝講習班，聞一多、李廣田、李何林、朱自清、劉思慕、周鋼鳴、常任俠等擔任教授。

月　底　「文協」三臺分會假東北大學禮堂舉行文藝晚會，參加者有陸侃如、馮沅君、董每戡、趙紀彬、姚雪垠、黎丁、謝梓文等一百五十餘人。

□茅盾長篇小說「第一階段的故事」，由重慶亞洲圖書社出版。

□老舍長篇小說「火葬」，由重慶黃河書局出版，列爲趙清閣主編的「黃河文叢」之一。

□王西彥第一本長篇小說「村野戀人」，由重慶良友復興圖書印刷公司出版，列爲趙家璧主編的「良友文學叢書新編」第四本。

□袁昌英散文集「行年四十」一書，由重慶商務印書館出版，列爲「現代文藝叢書」之一。

□路易士（紀弦）詩集「三十前集」，由上海詩領土社出版。

□胡風批評論文集「在混亂裏面」，由重慶作家書屋出版，收有三十一至三十二年間所寫評論文章共二十七篇。

□楊世驥「文苑談往」（第一集），由重慶中華書局出版，爲研究晚清文學一部不可多得的傑作，楊世驥與阿英（錢杏邨）也是僅有的兩位研究晚清文學專家。

五　月

四　日　「文協」成立七週年和第一屆文藝節的慶祝會在重慶同時舉行，有百餘人參加。會後並發紀念特刊一冊。

五　日　「文協」舉辦文藝欣賞會，以慶祝文藝節，由孫伏園主持，節目有話劇、相聲等。

七　日　「文協」改選郭沫若、茅盾、老舍、孫伏園、胡風、姚蓬子、王平陵等二十一名爲在渝理事，朱光潛、沙汀二名爲各地理事。此外，有張天翼、宋之的、徐盈、吳組緗等十三名候補理事；葉楚傖、馮玉祥、張道藩、柳亞子、潘梓年等九名監事，以及陳望道、史東山、聶紺弩、張西曼四名候補監事。

十　日　「文協」新任理事開會，並推老舍、孫伏園爲總務組正副主任，胡風、葉以羣爲研究組正副主任，王平陵、馮乃超爲組織組正副主任，姚蓬子、巴金爲出版組正副主任，馮雪峯負責「抗戰文藝」會刊編務，梅林爲理事會秘書。

□劇作家賀孟斧（一九一一——　），在重慶病歿，享年三十五。

□「文哨」月刊在重慶創刊，由葉以羣主編，建國書局發行，共出三期。

□沙汀長篇小說「困獸記」，由重慶新地出版社出版，計四二〇頁。

□何其芳詩集「夜歌」，由重慶詩文學社出版，列爲「詩文學叢書」第四本，收二十七至三十年間所寫新詩二十六首。

□廢名著，開元編之「招隱集」一書，由漢口大楚報社出版，計一一〇頁，列爲「南北叢書」之一，收有詩十五首，文八篇。

□吳祖光三幕劇「少年遊」，由重慶開明書店出版，列爲「開明文學新刊」之一。

□英喬治·哀利奥特原著，梁實秋中譯的長篇小說「吉爾菲先生的情史」，由重慶黃河書局出版，列爲「黃河譯叢」之一。

六　月

八　日　中蘇文化協會、「文協」等團體假重慶文化沙龍歡送郭沫若赴蘇參加蘇聯科學院盛會。

二四日　重慶文藝界七百多人爲賀茅盾五十壽辰和創作生活二十五週年，在西南實業大厦舉行慶祝會，由沈鈞儒擔任主席，王若飛、馮雪峯、常任俠等均在會中講話。

□「文藝月報」在重慶創刊，由田濤主編，亞洲圖書社發行，僅出一期。

□艾青詩集「獻給鄉村的詩」，由昆明北門出版社出版，收新詩十七首。

□林榕（李景慈）論評集「夜書」，由北平文章書房出版，列爲「文學新刊之一」，收論文、書評共十五篇。

□紀德原著，盛澄華中譯的長篇小說「地糧」，由重慶文化生活出版社出版，列爲黃源主編的「譯文叢書」之一。

七　月

七　日　□聞一多、李公樸、潘光旦、田漢等三十餘人在昆明開會，總結抗戰以來的文藝、文化工作。
　　　　□巴金長篇小說「火」第三部（一名「田惠世」），由上海開明書店出版。
　　　　□張資平長篇小說「新紅A字」，由上海知行出版社出版。
　　　　□許傑書評集「現代小說過眼錄」，由永安立達書店出版，列爲海岑主編的「立達文藝叢書一輯之一」。
　　　　此係作者抗戰以來所出的第一本書。
　　　　□茅盾「時間的紀錄」一書，由重慶良友復興圖書印刷公司出版，列爲趙家璧主編的「良友文學叢書」第四十四本，收有散文二十八篇。

八　月

八　日　作家謝六逸（一八九六——　），在貴陽病歿，享年五十。
十三日　「文協」舉行慶賀抗日戰爭勝利的歡談會。並成立「附逆文化人調查委員會」，推老舍、巴金、夏衍等十八人爲委員。
十四日　日本政府正式宣佈無條件投降，抗日戰爭勝利結束。
十五日　中、美、英、蘇四國正式宣佈，接受日本投降，二次大戰結束。
二九日　郁達夫本日在蘇門答臘遭日本憲兵隊秘密綁架，後於九月十七日遭日軍殺害。
三十日　□「文協」等團體假西南實業大厦舉行歡迎會，歡迎郭沫若、丁西林由蘇歸國。
　　　　□「世界文藝季刊」在重慶創刊，由杭立武任社長，楊振聲、李廣田主編，世界文藝季刊社發行，迄三十五年十一月出至一卷四期後停刊。
　　　　□周作人「立春以前」一書，由上海太平書局出版，收散文三十三篇及「後記」一篇。
　　　　□周越然「版本與書籍」一書，由上海知行出版社出版，除「自序」外，收文二十六篇。

本年

□石懷池「石懷池文學論文集」，由上海耕耘出版社出版。

□教育部三十三年度（第四屆）學術獎勵獎，「文學」類獲二等獎者二人，卽羅根澤及其「周秦兩漢文學批評史」；李嘉言及其「賈島年譜」。獲三等獎者六人，卽馮沅君及其「古優解」；李辰冬及其「紅樓夢研究」；方重及其「英國詩文研究」；祝文白及其「文選六臣註訂譌」；陳紀瀅及其「新中國幼苗的成長」；陳延傑及其「晞陽詩」；酈承銓及其「願堂詩錄」；繆鉞及其「杜牧之年譜」。

□重慶建國書店出版「世界文藝傑作譯叢」，收有「人間悲劇」，美國德萊塞作，鍾憲民譯；「風流寡婦」（三幕喜劇），意國郭爾東尼作，聊伊譯；「加爾曼」，法國梅里美作，馬耳（葉君健）譯；「蘋果樹」，英國高爾斯華綏作，端木蕻良譯；「愛情」，各國短篇集，馬耳譯。

□重慶正風出版社出版「世界文學傑作叢書」，收有「世界短篇小說精華」，柳無忌編；「歸來」，英國哈代作，朱海觀譯；「泰綺思」，法國法郎士作，徐仲年譯；「菊子夫人」，法國洛蒂作，徐霞村譯；「曼儂」，法國蒲呂渥作，婁紹蓮譯；「鵓鴣姑娘」，法國梅里美作，徐仲年譯；「黛絲姑娘」，英國哈代作，呂天石譯等。

□永安立達書店出版「立達文藝叢書」，海岑主編，自七月起至十二月止共出一輯三冊。卽上述許傑的「現代小說過眼錄」；雷石榆的「夫婦們」，八月出版；許天虹譯「強者的力量」，美國傑克倫敦原作，十二月出版。

2

抗戰時期文學期刊目錄

● 上海編輯人協會編印，民國二十六年九月在上海發行之「文化戰線」旬刊創刊號封面。

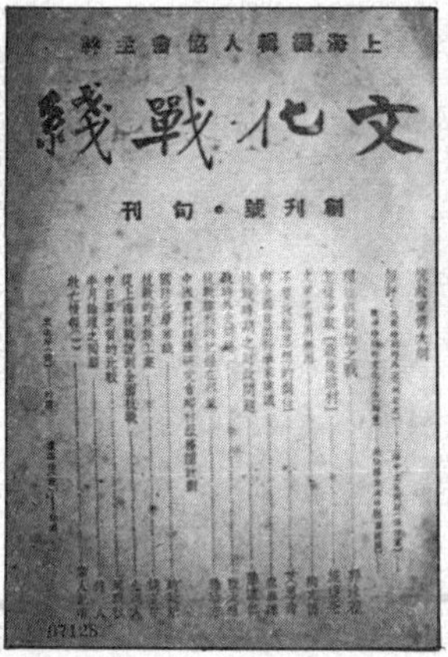

● 孫陵、臧雲遠主編，民國二十七年四月一日在漢口發行之「自由中國」月刊創刊號封面。

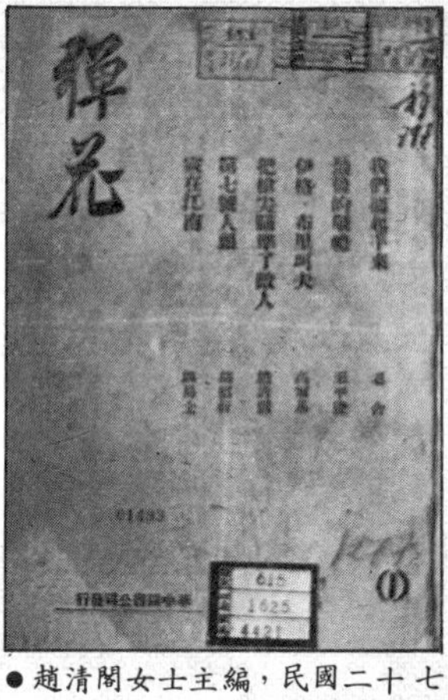

● 趙清閣女士主編，民國二十七年三月十五日在漢口發行的「彈花」文藝月刊創刊號封面。

● 胡紹軒主編，民國二十六年十二月在武昌發行之「文藝戰線」旬刊一卷四、五期合刊封面。

●「文協」編印，民國二十七年五月十日在漢口發行的「抗戰文藝」三日刊第三期封面。

●民國二十七年九月在重慶發行的「春雲」月刊四卷四、五期合刊封面。

●章泯、葛一虹合編，民國二十七年五月在漢口發行的「新演劇」半月刊創刊號封面。

●林憾廬、陶亢德合編，民國二十七年六月二十一日在廣州發行之「宇宙風」散文半月刊第七十二期封面。

●「文協」西安分會編印，民國二十七年十月在西安發行之「西北文藝」月刊一卷四期封面。

●錢君匋、錫金、林之材合編，民國二十九年五月十六日在上海發行的「文藝新潮」月刊二卷七期封面。

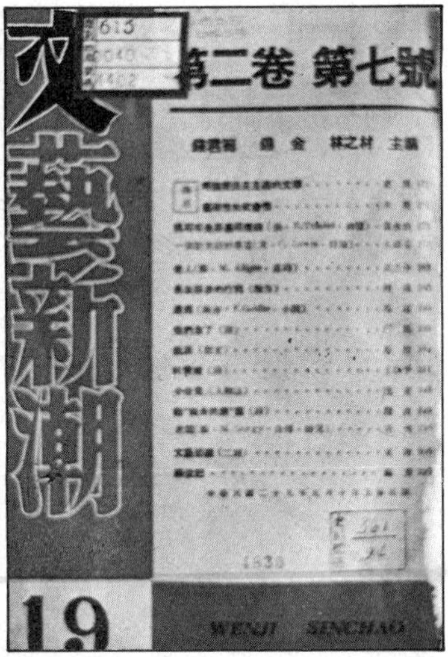

●魯覺吾主編，民國三十年三月在重慶發行之「文藝青年」月刊創刊號封面。

●民國二十七年十二月四川榮縣流火社發行的「流火」月刊第二期封面。

● 康定文藝社主編，民國三十年七月十五日在康定發行的「草地」創刊號封面。

● 徐西東、吳鳳樓、羅洛汀合編，民國三十年六月十五日在桂林發行之「文藝新哨」月刊創刊號封面。

● 江南文藝社編印，民國三十年六月在江西泰和發行的「江南文藝」創刊號封面。

● 靳以主編，民國三十年八月在福建永安發行的「現代文藝」月刊三卷五期封面。該刊發行者改進出版社社長係已故名翻譯家黎烈文。

●「文協」曲江分會編印，民國三十年九月十五日在廣東曲江發行之「文壇」月刊第二期封面。

●「文協」昆明分會編印，民國三十一年一月在昆明發行的「西南文藝」第二期封面。

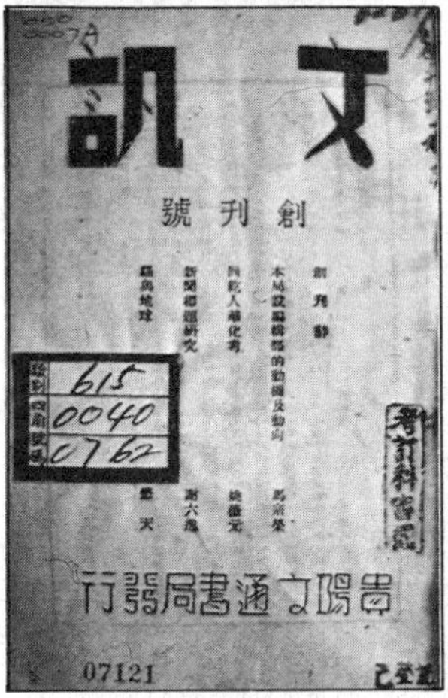

●謝六逸主編，民國三十年十月在貴陽發行之「文訊」月刊創刊號封面。

●司馬文森主編，民國三十年九月十五日在桂林發行之「文藝生活」創刊號封面。

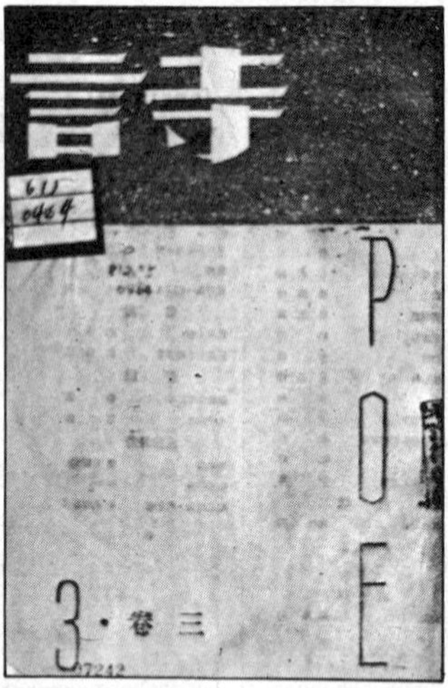

●周為、嬰子、胡明樹、鷗外鷗合編，民國三十一年八月在桂林發行的「詩」月刊三卷三期封面。

●民國三十一年五月在成都由綠野出版社發行的「綠野」一卷二期封面。

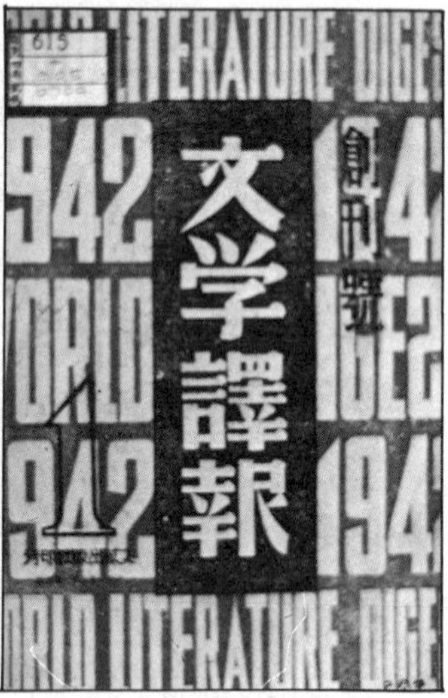

●蔣璐、伍孟昌、秦似、莊壽慈合編，民國三十一年五月一日在桂林發行之「文學譯報」創刊號封面。

二十六年

名稱	刊期	創刊時間	編輯人	發行	出版地	備註
吶喊	周刊	八月廿五日	茅盾	文學社	上海	出至二期後停刊。
宇宙風、逸經、西風	旬刊	八月三十日	該社	該社	上海	非常時期聯合旬刊十月三十日出至七期後停刊。
高射礮	旬刊	約八月間	王亞平 覃子豪		上海	該刊爲新詩刊物。編輯人另有征軍。
烽火	周刊	九月五日	巴金	烽火社	上海	上海淪陷後，遷廣州出版，廿七年十月出至二十期後，因廣州淪陷而停刊。
七月	周刊	九月十一日	胡風	七月社	上海	出版三期後，遷漢口出版，卷期另起，並改爲半月刊，爲胡風系主要刊物。
光明	周刊	九月出版		北雁出版社	上海	十月出至五期後停刊。
離騷	半月刊	十二月	劉西渭	五洲書報社	上海	僅出一期。該刊雖掛名劉西渭（李健吾）編輯，實由阿英主編。
戰時演劇			侯楓	戰時演劇社	上海	
戲劇銀幕	月刊		凌鶴	讀書出版社	上海	
戰時文藝	旬刊	十二月	該社	該社	西安	
抗戰與文化	半月刊	十二月	該社	該社	西安	卅一年六月出至六卷八期後停刊。
救亡	周刊	十二月	鄭伯奇	該社	西安	廿七年六月出至廿二期後停刊。
金箭	月刊	八月	陳思苓	該社	成都	
火炬	半月刊	十二月	該社	該社	成都	廿七年二月出至三期後停刊。
文學月刊	月刊	十一月	該社	該社	長沙	已知出有一期。

名稱	刊期	創刊時間	編輯人	發行	出版地	備註
文藝季刊	季刊	十一月	該社	該社	昆明	廿八年七月出至四期後停刊。
文藝月刊戰時特刊	旬刊	九月	中國文藝社	同上	漢口	漢口淪陷後，遷重慶出版，並改爲半月刊。
戰鬥	旬刊	九月十八日	羅蓀 馮乃超	生活書屋	漢口	編輯人另有蔣錫金。
七月	半月刊	十月六日	胡風		漢口	該刊於九月在上海創刊，四期起移漢口出版，卷期另起。
抗戰戲劇	半月刊	十一月	田漢 馬彥祥	華中圖書公司	漢口	廿七年，出至二卷七期後停刊。第一卷出八期。
時調	半月刊	十二月	穆木天 馮乃超		漢口	三期後停刊。編輯人另有蔣錫金。
中國詩壇	月刊	八月	蒲風 雷石榆	該社	廣州	廿七年九月出至二卷六期後停刊，廿九年三月在桂林復刊，卷期另起。
抗戰戲劇	月刊	十月	胡春冰 趙如琳	上海雜誌公司	廣州	十二月出至三期後停刊。編輯人另有羅海沙、舒湮、黎覺奔等。
光榮	半月刊	十一月	歐陽山	該社	廣州	僅出一期。
廣州詩壇			陳殘雲 溫流	該社	廣州	共出三期。編輯人另有黃寧嬰、陳蘆荻等。

二十七年

名稱	刊期	創刊時間	編輯人	發行	出版地	備註
純文藝	旬刊	三月一日	徐遲	純文藝社	上海	三期後停刊。
雋味集	半月刊	三月二十日	顧宗沂 張佐賢	民益熒記印刷公司	上海	五月五日出至四期後停刊。

讀物	月刊	五月一日	徐訏 馮賓符	中國圖書雜誌公司	上海	僅出一期。
雜誌	半月刊	五月	吳誠之	雜誌社	上海	卅一年八月十日出九卷五期時改爲月刊，卅四年八月出至十五卷五期後停刊（吳誠之卽係吳江楓。）
十字街頭	半月刊	六月	該社	王耐之	上海	
紅茶	半月刊	六月	胡山源	文粹出版社	上海	廿八年二月出至十七期後停刊。
文藝	旬刊	六月	該社	五洲書報社	上海	一卷三期起改爲半月刊，三卷一期起改爲月刊，廿八年六月出至三卷四期後停刊。
濤聲	月刊	七月	郭谷尼	濤聲文藝出版社	上海	卅五年二月出至三卷一期後停刊。
戲劇雜誌	月刊	八月	柳木森	中國圖書雜誌公司	上海	二十九年九月出至五卷二期後停刊前後共二十六期。
自由譚	月刊	九月	項來麗	大美晚報館	上海	二十八年三月出至七期後停刊。
翻譯與評論	月刊	九月	該社	上海雜誌公司	上海	二十八年三月出至四期後停刊。
文藝新潮	月刊	九月十六日	林之材 宇文節	萬葉書店	上海	二十九年七月出至二卷九期後停刊，前後共二十一期。二十九年時，另出有「文藝新潮副刊」，共七期。（宇文節卽錢君匋筆名亦卽萬葉書店創辦人）。
文獻	月刊	十月	阿英	風雨書屋	上海	二十八年五月出至八期後停刊。又，二十八年時另有「藝術文獻」一期。
新詩刊	季刊	十月十日	邢光祖	中國圖書雜誌公司	上海	二十八年一月十日出至二期後停刊。
新詩		十一月	沈毅勳	新潮出版社	上海	

劇場藝術	月刊	十一月	胡松青	光明書店	上海	二十九年二卷起改爲旬刊，三十年十月出至三卷六期後停刊。前後共三十期。
未名	半月刊		該社	未名出版社	上海	前後共出三期。
朔風	月刊	十一月	方紀生 陸離	東方書店	北平	十一期起改爲半月刊，二十九年四月出至二十五期後停刊。
西北文藝	半月刊	六月	文協西安分會	同上	西安	二十八年一月出至五期後停刊
戲劇旬刊	旬刊	二月	恒勵	星芒通訊社	成都	
戲劇三日刊	三日刊	三月	該社	該社	成都	該刊前五十期在四川自流井印行，內容雜亂，自五十一期起移至成都，始成一正式劇刊。
工作半月刊	半月刊	三月	該社	該社	成都	七月出至八期後停刊。該刊爲卞之琳、何其芳、方敬、朱光潛、羅念生、謝文炳等自費出版。
五月	月刊	五月	該社	該社	成都	七月出至三期後停刊。
學生文藝	半月刊	五月	該社	該社	成都	七月出至六期後停刊。
雷雨	周刊	六月	該社	該社	成都	已知出有三期。
文藝後防	旬刊	七月	該社	戰時出版社	成都	九月出至八期後停刊。
文藝突擊	半月刊		劉白羽	該社	延安	
戰歌			該社	該社	延安	
詩建設	周刊		詩歌總會	西北戰地服務團	延安	
文藝新地	月刊	一月	該社	該社	長沙	已知出有一期。
中國詩藝	月刊	八月	該社	該社	長沙	該刊停刊後，曾於三十年六月在重慶復刊，卷期另起。

戰歌	月刊	八月	羅鐵鷹 雷濺波	救亡詩歌社	昆明	三十年一月出至二卷二期後停刊，前後共六期。
文化崗位	月刊	七月	文協昆明分會	同上	昆明	二十九年二月出至二卷二期後停刊，前後共八期。
大風			該社	該社	金華	
怒潮戲劇季刊	季刊	十月	南渝中學怒潮劇社	同上	重慶	已知出有一期。
詩報半月刊	半月刊		重慶文藝界救亡協會	重慶詩社	重慶	該刊於二十六年十二月發行試刊號，二十七年正式發行，僅出一期。
時代文學		本年	該社	該社	重慶	僅知已出二期。
大風	旬刊	三月五日	陸丹林 陶亢德	大風社	香港	二十九年一月出五十四期改爲半月刊，三十年十一月出至一〇一期後停刊。
文藝新地	月刊	一月	中國文藝社	同上	南京	已知出有一期。
文藝月刊	月刊	本年	該社	漢族文化促進總會	廸化	已知於二十八年十月出至二卷二期。
戰時藝術	半月刊	三月一日	該社	該社	桂林	二十八年五月出至三卷三期後停刊，前後共十五期。
文藝周刊	周刊		蹇先艾		貴陽	
大衆詩壇			該社	該社	開平	已知出至一卷二期。
火花	月刊		該社	該社	開封	
戰地半月刊	半月刊	三月	丁玲 舒羣	上海雜誌公司	漢口	二十九年三月出至五卷十二期停刊，該刊前二卷各出六期；後三卷各出十二期，前後共出四八期。

戰時戲劇	半月刊	三月	平教會	生活書店	漢口	出至五期後停刊。
文藝陣地	半月刊	四月十六日	茅盾	生活書店	漢口	二十九年四月十六日出至四卷十二期後曾短時停刊。同年七月改出「文陣叢刊」一期，名「水火之間」；八月出「文陣叢刊」二期，名「論魯迅」，是爲第五卷。三十年一月十日出六卷一期時改爲月刊，三十一年十一月二十日出至七卷四期後再度停刊。其後再改出不定期之「文陣新輯」，一期名「去國」，三十二年十一月出版；二期名「哈羅爾德的旅行及其他」，三十三年二月出版，三期名「縱橫前後方」，三十三年三月出版。該刊創刊於漢口，後遷香港，重慶出版。
彈花	月刊	三月十五日	趙清閣	華中圖書公司	漢口	二十九年九月出至三卷八期後停刊。該刊創刊於漢口，後遷重慶出版。
自由中國	月刊	四月一日	孫陵 臧雲遠	自由中國社	漢口	六月二十日出至三期後停刊，其後於二十九年十一月一日在桂林復刊，卷期另起。
抗戰文藝	三日刊	五月四日	全國文協	讀書生活出版社	漢口	一卷五期起改爲周刊，四卷一期改爲半月刊，六卷一期起改爲月刊，三十五年五月四日出至十卷六期後停刊，其間，曾於三十一年三月二十七日出有「文協成立五周年紀念特刊」一期；三十四年五月四日出有「文協成立七周年並慶祝第一屆文藝節紀念特刊」一期。該刊原在漢口創刊，後遷重慶出版。
新演劇	半月刊		章泯 葛一虹	上海雜誌公司	漢口	五月復刊，出版三期後停刊，該刊原於二十六年六月五日在上海創刊，出版四期停刊。該刊後於二十九年六月在渝復刊。
螞蟻劇團報導	月刊	五月	蟻社	蟻社	漢口	

名稱	刊期	創刊時間	編輯人	發行	出版地	備註
人人看	周刊	五月	教育部第一社會教育工作團	同上	漢口	已知出有七期。
戲劇新聞	周刊	五月	吳漱予	全國劇協	漢口	未定期出版，大約出至十五期後停刊。
文藝	月刊		胡紹軒	武漢文藝社	漢口	該刊原於廿四年創刊，係武漢唯一具有全國性的文學刊物。至二十六年七月抗戰發生後停刊。二十七年時，再度復刊。
詩時代		九月	力揚	詩時代社	漢口	
詩場			該社	該社	廣東	
新地	月刊		該社	該社	福建	
東方詩報		本年	東方詩作家協會	同上	未詳	已知出版二期。

二十八年

名稱	刊期	創刊時間	編輯人	發行	出版地	備註
魯迅風	周刊	一月十一日	馮夢雲	中國文化服務社	上海	由巴人（王任叔）、唐弢、柯靈、孔另境等合辦。十三期起改爲半月刊，九月出至十九期後停刊。
綠洲	月刊		沈偉	上海文化服務社	上海	一月復刊，本刊爲中英文藝綜合月刊，前曾於二十三年一月創刊，同年七月出至一卷六期後因故停刊。復刊後之期數未詳。
宇宙風乙刊	半月刊	三月一日	林憾廬 陶亢德	宇宙風社	上海	三十年十二月一日出至五六期後停刊。該刊編輯人另有周黎庵以及遠在美國紐約的林語堂。

文藝長城	月刊	四月	該社	該社	上海	
壹零集	月刊	四月	朱家駿	壹零集文藝月刊社	上海	出至三期後停刊。
永安月刊	月刊	五月一日	鄭留	永安公司	上海	為鴛鴦蝴蝶派刊物，由鄭留主編，麥友雲、梁燕、劉魯文、吳匡等為特約編輯。三十八年三月一日出至一一八期後停刊，為抗戰期間上海出版之文學刊物中壽命最長者。
蒲公英	半月刊	五月	呂海瀾等	蒲公英文藝社	上海	
南風	月刊	五月	林微音	商務出版社	上海	二十九年二月出至二卷四期後停刊。
海嘯	三周刊	六月	海嘯文藝社	五洲書報社	上海	九月出至三期後停刊。
玫瑰	半月刊	七月十五日	顧明道 趙苕狂	玫瑰出版社	上海	八月卅一日出至四期後停刊，為鴛鴦蝴蝶派刊物。
人世間	月刊	八月	徐訏	該社	上海	三十一年八月出至二卷十二期後停刊，前後共二十四期。
野火	半月刊	八月	野火文藝社	五洲書報社	上海	已知於十二月出至一卷四期。
學習半月刊	半月刊	九月十六日	柳靜	五洲書報社	上海	
文藝新聞	周刊	十月	蔣策	該社	上海	二十九年二月出至十一期後停刊。
文學研究	月刊	十月	該社	該社	上海	二十九年五月出至二卷一期後停刊。
語風	月刊	十月	湯戈人	語風出版社	上海	二十九年二月出至一卷四期後停刊。
文學集林	月刊	十一月	鄭振鐸 徐調孚	開明書店	上海	三十年六月出至五輯後停刊。一輯名「山程」；二輯名「望」；三輯為創作特輯；四輯為譯文特輯；五輯名「殖荒者」。

新文苑	月刊	十一月	該社	文理圖書有限公司	上海	已知出有一卷二期。
小說月刊	月刊	十一月	劉龍光等	藝文印刷局	上海	二十九年七月出至九期後停刊。
輔仁文苑	季刊	四月	輔大文苑社	同上	北平	三十一年四月出至十一期後停刊。該刊創刊時，取名「文苑」，二期起改用「輔仁文苑」。
中國文藝	月刊	九月一日	張深切	該社	北平	二十九年九月一日出版三卷一期時主編易爲張鐵笙，三十二年底出至九卷三期後停刊。
法文研究	月刊	十一月	該社	中法文化出版委員會。	北平	每年出版十期，至三十一年十月止，共出三十期。三十二年一月起，改出雙月刊，並轉由中法漢學研究所發行，至十一月共出六期。前後總計卅六期。該刊主要主持人爲沈寶基、鮑文蔚、張若名、曾覺之、郭麟閣、張龔亞等，重要作品均以「中法對照」來譯註。
覆瓿月刊	月刊	十二月	燕大國文系	燕京大學	北平	至二十九年二月止，已知出有三期，新舊文學並刊。
東南文藝		八月	該社	該社	吉安	
筆陣	月刊	二月十六日	文協成都分會	同上	成都	同年十月出至十四期後停刊，二十九年四年復刊，卷期另起，同年十二月出至新七卷二期後再度停刊，三十年十一月二度復刊，期數又另起，至三十二年四月止，出至新八期三度停刊，三十三年五月三度復刊，期數另起，已知出版一期。
通俗文藝	五日刊	八月	文協暨成都分會	文協	成都	已知於二十九年七月出至四十五期。

戲劇戰線	半月刊	九月	該社	該社	成都	已知於三十一年五月出至二卷十期。
西部文藝	月刊	九月	憶濤 問濤	該社	成都	二十九年十月出至三卷二期後停刊，前後共出十四期。
文藝戰線	月刊	二月十六日	周揚	該社	延安	二十九年二月十六日出至一卷六期後停刊。
現代詩歌			該社	該社	長沙	
血流	月刊	一月	婁子匡等	該社	金華	已知於六月出至一卷六期。
東南戲劇	月刊	三月	蔡積	該社	金華	已知於二十九年六月出至二卷二期，前後共十四期。
文化戰士	半月刊	六月	該社	該社	金華	已知出版有二期。
刀與筆	月刊	十二月	該社	該社	金華	二十九年二月出至三期後停刊。
西線文藝	月刊	八月	胡采等	該社	宜川	已於二十九年一月出至一卷六期。
戲劇崗位	月刊	四月	熊佛西 葉仲寅	華中圖書公司	重慶	已知於三十一年五月出至三卷六期，前後共出十八期。
半月文藝		本年	川大文藝研究會	同上	重慶	已知至三十一年止共出版十期。
頂點	月刊	六月十二日	艾青 戴望舒	新詩社	桂林	僅出一期。
新芒月刊	月刊	一月	該社	新疆學院新藝月刊社	迪化	已知於四月出至一卷四期。
詩歌戰線			李青鳥	厦門詩歌會	泉州	
中國詩壇（嶺東版）			中國詩壇社	同上	梅縣	

七月詩刊	周刊		中國詩壇社	同上	梅縣	
東南文藝	半月刊	二月	該社	該社	紹興	已知至四月止，共出版三期。
暴風雨詩刊	不定期		莫洛等	暴風雨詩社	溫州	
東南風	半月刊	本年	該社	選萃出版社	漢口	已知出有四期。
戰線詩歌			鍾山心	厦門詩歌會	福州	
文學月刊	月刊	四月	何德明	該社	麗水	已知於二十九年三月出至二卷一期。
文藝長城	月刊		該社	大時代書局	麗水	
文藝堡壘	月刊	十月	該社	該社	灌縣	創刊號爲「魯迅先生逝世三周年紀念特輯」。

二十九年

名稱	刊期	創刊時間	編輯人	發行	出版地	備註
長風	月刊	一月	王季深	長風書店	上海	八月出至二卷二期後停刊，前後共出八期。
戲劇與文學	月刊	一月	戴平萬等	國民書店	上海	已知於六月出至一卷四期。
獨幕劇創作叢刊	月刊	一月	該社	潮鋒出版社	上海	已知於六月出至二卷二期。前後共五期。
行列詩歌半月刊	半月刊	二月四日	朱維基等	金星書店	上海	已知於四月出至一卷六期。
文藝集叢		二月	該社	光明書局	上海	
文藝世界	月刊	三月	該社	中國圖書雜誌公司	上海	已知於三十年一月出至六期。

藝風	月刊	五月	李蒙伽	大興公司	上海	已知於三十年二月出至十期。
南線文藝叢刊	月刊	六月	海燕文藝叢刊社	海燕出版社	上海	
燎原文藝叢刊	月刊	七月	燎原社	海燕出版社	上海	
天地間	月刊	七月	該社	文華出版社	上海	已知於三十年三月出至九期。
東南風	月刊	七月	顧冷觀	聯華廣告公司	上海	九月出至四期後停刊，爲鴛鴦蝴蝶派刊物。
西洋文學	月刊	九月一日	該社	該社	上海	三十年六月一日出至十期後停刊。該刊由林語堂掛名顧問編輯，實際主編爲林憾廬、張芝聯、柳存仁、徐誠斌、周黎庵。
大衆文藝	月刊	十月	該社	該社	上海	已知於三十年出至二卷四期。
狼煙文藝叢刊	月刊	十月	李冰鑪	狼煙出版社	上海	
新文藝月刊	月刊	十月	林智石 馬守石	該社	上海	已知於三十年一月出至一卷三期。
小說月報	月刊	十月一日	嚴獨鶴 顧冷觀	聯華廣告公司	上海	三十三年十一月二十五日出至四十五期後停刊，爲鴛鴦蝴蝶派刊物。
東線文藝	月刊	二月一日	段夢萍 張煌	金華書店	上饒	
中和月刊	月刊	一月	該社	新民印書館	北平	三十三年十二月出至六卷四期後停刊，前後共出六十四期。
現代文藝	月刊	四月廿五日	王西彥	改進出版社	永安	三十二年三月出至六卷四期後停刊，前後共出三十四期。該刊主編後來由王西彥、章靳以先後負責。

黃河月刊	月刊	二月	謝冰瑩	新中國文化出版社	西安	三十三年四月出至五卷四期後停刊。
筆部隊	月刊	一月	文協曲江分會	同上	曲江	已知於九月出至六期。
文藝新地	月刊	四月	文協曲江分會	同上	曲江	已知出版二期。
華西文藝	月刊	二月	該社	該社	成都	已知於十月出至五期。
詩星	月刊	七月	海星詩社	同上	成都	已知於三十一年八月出至三卷一期，前後共出十一期。
祖國文藝	月刊	八月	維克	該社	成都	出版四期後停刊，三十年五月復刊，卷期另起。
燕風月刊	月刊	九月	燕風社	同上	成都	出版七期後停刊；三十年九月復刊，卷期另起。
野火	月刊	十二月	野火文藝社	同上	成都	
新詩歌		三月	柯仲平等	新詩歌總會	延安	
大衆文藝	月刊	四刊	文協延安分會	同上	延安	
戰國策	半月刊	四月	林同濟 雷海宗	該社	昆明	三十年七月出至十七期後停刊。編輯人另有陳銓，該刊作者大多爲西南聯大教授，如沈從文、何永佶、費孝通、吳宓等。
歌詠崗位	月刊	五月	歌詠協會	同上	昆明	已知於七月出至三期。
詩與散文	月刊	八月	該社	該社	昆明	已知於三十五年十月出至三卷五期。

集體創作	月刊	十二月	該社	該社	昆明	十二月創刊，三十年五月出至三期後停刊。三十三年十一月遷至重慶出版，改由華僑書店發行，卷期另起。
文學月報	月刊	一月十五日	孔羅蓀 戈寶權	讀書生活出版社	重慶	三十二年八月出至三卷三期後停刊，前後共出十五期。
耕耘	月刊	四月	郁風	生活書店	重慶	八月出至二期後停刊。
新演劇	半月刊	六月	章泯 葛一虹	上海雜誌公司	重慶	該刊於二十六年六月五日在上海創刊，二十七年五月改在漢口出版。
北戰線半月刊	半月刊	二月	北戰線文藝社	同上	洛陽	
筆部隊	半月刊	一月十五日	孫陵	前線出版社	桂林	五月出至二期後停刊。
詩	月刊	二月	韓北屏等	詩社	桂林	已知於三十二年二月出至三卷六期，前後共出十八期。
抗戰文藝（桂刊）		三月一日	文協桂林分會	同上	桂林	
野草	月刊	八月二十日	夏衍 秦似	科學書店	桂林	三十二年六月出至五卷五期後停刊，編輯人另有孟超、宋雲彬、聶紺弩等，爲著名的雜文刊物。三十五年十月在香港以叢刊形式復刊，至三十七年八月止共出版十一輯。
自由中國	月刊	十一月一日	孫陵	自由中國社	桂林	十一月一日復刊，三十一年五月出至新二卷二期後停刊，前後共出八期。其間，曾於二十九年出版副刊一期，名「文藝研究」。該刊原於二十七年四月一日在漢口創刊。
戲劇春秋	月刊	十一月	田漢 歐陽予倩	南方出版社	桂林	三十一年出至二卷四期後停刊，前後共出十期。編輯人另有夏衍、杜宣、許之喬等。
中國詩壇	月刊	三月	陳殘雲 黃寧嬰	該社	桂林	本年復刊，至十二月出至六期。該刊原於二十六年在廣州創刊；三十五年復員後，在廣州二度復刊。

名稱	刊期	創刊時間	編輯人	發行	出版地	備註
東南文藝	月刊	本年	該社	該社	梅縣	已知於三十年十一月出至二卷三期。
文訊	月刊	十月	該社	文通書局	貴陽	三十七年十二月出至九卷五期後停刊，該刊於三十五年出六卷一期時遷至重慶出版；三十六年出七卷一期再遷蘇州出版；其後又移上海出版以迄停刊。
暴風雨			海燕詩歌社	同上	溫州	已知出版二期。
太行詩歌		七月	太行詩歌社	同上	未詳	已知出版二期。
未央詩刊	月刊	十一月	未央社		未詳	已知出版二期。

三十年

名稱	刊期	創刊時間	編輯人	發行	出版地	備註
奔流文藝叢刊	月刊	一月	該社	文國服務社	上海	七月出至六輯後停刊。一輯名「決」，二輯名「闊」，三輯名「淵」，四輯名「汎」，五輯名「沸」，六輯名「激」。
作風	季刊	一月	作風社	啓明書店	上海	
雜草文藝叢刊		一月	該社	該社	上海	
每月詩叢	月刊	一月	該社	該社	上海	
海藻文藝叢刊	月刊	二月	該社	該社	上海	已知八月時出至五輯。一輯名「生的吶喊」，二輯名「夜行軍」，五輯名「紅風燈」。
海燕文藝叢刊	月刊	三月	該社	青年圖書商店	上海	

正言文藝月刊	月刊	三月	該社	聯邦出版公司	上海	
雜文叢刊	月刊	四月	該社	該社	上海	已知於九月時出至六輯。
譯文叢刊	月刊	四月	該社	海燕書店	上海	七月出至四輯後停刊。一輯名「良心丟了」，二輯名「祖國的土地」，三輯名「家庭神聖」，四輯名「孩子們的哭聲」。
樂觀	月刊	五月一日	周瘦鵑	九福製藥公司	上海	三十一年四月一日出至十二期後停刊，爲鴛鴦蝴蝶派刊物。
文林月刊	月刊	五月	該社	該社	上海	已知於八月時出至三期。
逑林每月文藝	月刊	六月	逑林社	女青年書店	上海	
野玫瑰	月刊	六月	石頑	該社	上海	
萬象	月刊	七月一日	陳蝶衣	中央書店	上海	三十四年七月一日出至四卷八期後停刊。該刊前二卷由陳蝶衣主編，係鴛鴦蝴蝶派刊物；三卷起改由柯靈接編，成爲新文藝刊物。該刊於三十四年時出有「萬象」號外一期，皆舊文藝作品。
筆叢	月刊	七月	該社	該社	上海	
新流文叢	月刊	九月	該社	陸開記書報社	上海	
文藝春秋	月刊	十月	洪荒文藝社	同上	上海	已知出版二期。
奔流新輯	月刊	十一月十八日	錫金	奔流文藝叢刊社	上海	出版二輯後停刊、一輯名「直入」，二輯名「橫眉」。
萬人小說	月刊	十一月	徐仁民	五洲書報社	上海	

槍與薔薇	月刊	十一月	新路文藝研究社	讀者書店	上海	約於本年出版，前後共七期，爲鴛鴦蝴蝶派刊物。
蕭蕭	半月刊	十一月	蕭蕭社	長城書店	上海	
大上海	周刊		呂白華	該社	上海	
華北文藝	月刊	五月	該社	該社	山西	
匆匆詩刊	月刊	一月	該社	該社	西安	已知於四月出至一卷四期。
文壇	月刊	七月	文協曲江分會	該社	曲江	出至二卷六期後停刊，前後共出十二期。三十五年一月起在廣州復刊，卷期另起，成爲中華全國文藝協會廣東分會刊物。三十八年大陸淪陷後，再移香港出版，目前已停刊。
散文與詩		三月	該社	該社	成都	已知於五月出至一卷二期。
海星	不定期	六月	牧丁	海星詩社	成都	已知曾出至二卷一期。
金沙	月刊	十月	楊白平	越新書局	上海	已知於三十二年五月出至一卷六期。
戰時文藝	半月刊	十一月	該社	該社	上海	一卷三期起改爲月刊，已知於三十二年二月出至二卷二期。
文訊	周刊	本年	文協成都分會	同上	上海	已知有八期。
詩刊	月刊	十一月	艾青		延安	
草葉	雙月刊	十一月一日	魯迅藝術學院	同上	延安	
穀雨	月刊	十一月十五日	文協延安分會	該社	延安	
西南文藝	月刊	二月	文協昆明分會	同上	昆明	

蜀道	月刊	二月	新蜀報社	同上	重慶	僅知已出一期。
今日戲劇	月刊	三月	該社	該社	重慶	僅知已出一期。
文藝青年	月刊	三月	文化新聞社	同上	重慶	已知於三十一年四月出至三卷四期。該刊每卷出版五期，前後共出十四期。
戲劇批評	月刊	四月	該社	該社	重慶	已知出版三期。
中國詩藝	月刊		該社	該社	重慶	六月復刊已知於十月出至一卷四期，該刊前於二十七年八月在長沙創刊。
詩墾地叢刊	年刊	十一月	該社	該社	重慶	已知至三十五年七月，共出六期。
文化雜誌	半月刊	本年	該社	該社	重慶	已知於三十一年十月出至十七期。
時代文學	月刊	六月一日	端木蕻良	時代書店	香港	十一月一日出至一卷五、六期合刊後停刊，編輯人另有周鯨文。
筆談	半月刊	九月一日	茅盾	星羣書店	香港	十二月出至七期後停刊。
作家	月刊	四月	丁丁	建國書店	南京	汪僞政府刊物。
中州文藝	月刊		該社	該社	洛陽	
文藝新哨	月刊	六月十五日	該社	該社	桂林	三十一年十月出至二卷二期後停刊。
詩創作	月刊	六月十五日	胡危舟 陽太陽	上海雜誌公司	桂林	已知於三十二年秋出至十九期，後停刊。
文化雜誌	月刊	八月十日	該社	文化供應社	桂林	三十二年五月出至三卷四期後停刊，前後共出十六期。
文藝生活	月刊	九月十五日	司馬文森	文獻出版社	桂林	三十二年七月出至三卷六期後停刊，前後共出十八期。三十五年起在廣州復刊，卷期另起，出有十七期；三十七年再遷香港出版，卷期另起，出有十九期。
半月文藝	半月刊	四月	該社	力報館	桂林	爲胡風系列刊物之一。

文藝周報	周刊	十月	該社	該社	韶關	
創作季刊	本刊	十月	該社	該社	鎮南	
江蘇作家	月刊	九月	江蘇省作家聯誼會	中央書報發行所	蘇州	汪僞政府刊物。

三十一年

名稱	刊期	創刊時間	編輯人	發行	出版地	備註
戲曲	月刊	一月	趙景深、莊一拂	曲學叢刊社	上海	已知出版五期。
古今	半月刊	三月	陶亢德、周黎庵	古今出版社	上海	十月十五日出九期時改爲半月刊，三十三年十月十六日出至五十七期後停刊，社長朱樸。
萬象十日刊	旬刊	五月十日	陳蝶衣	萬象書屋	上海	七月二十二日出至九期後停刊編輯人另有周煉霞、董天野、顏翁、周游、穆一龍、周了且、余太白、龔天衣、張健帆等，爲鴛鴦蝴蝶派刊物。
大衆	月刊	十一月一日	錢須彌	大衆出版社	上海	三十四年七月一日出至三十二期後停刊，爲鴛鴦蝴蝶派刊物。
蘇聯文藝	月刊	十一月	羅果夫	蘇商時代出版社	上海	三十八年七月出至二十七期後停刊。
綠茶	月刊	十二月	梁俊青	綠茶雜誌社	上海	已知於三十二年出至二卷一期。
三月詩葉	季刊	五月	文友社	文友社	西安	已知出版一期。
文藝周刊	周刊	五月	塞風	文友社	西安	
詩陣地	月刊	五月	該社	該社	西安	已知出版一期。

文藝月報	月刊	五月	葉鼎洛	該社	西安	已知三十二年四月出至二卷二期。
文藝風	月刊	四月	該社	文藝出版社	曲江	
藝文	月刊	四月	該社	該社	曲江	
狂飈旬刊	旬刊	六月	該社	該社	成都	
揮戈文藝	月刊	六月	該社	該社	成都	
文聚	半月刊	二月	林元 馬爾俄	文聚社	昆明	已知至三十四年出至二卷三期。一卷出六期；三十二年出二卷一期起改爲月刊，三十四年出二卷二、三期，前後共九期。
詩風		十一月	詩風社	同上	昆明	
文化生活	月刊	四月	該社	人生編譯社	金華	
文藝雜誌	月刊	一月	該社	該社	重慶	已知三十二年三月出至三卷三期，共十五期。
文學世界	月刊	二月	該社	該社	重慶	
文藝月選	月刊	二月	該社	該社	重慶	
文壇	半月刊	三月二十日	老舍等	作家書屋	重慶	已知三十二年四月出至二卷一期。
詩叢		三月	「晏明 黎梵薰	詩叢社	重慶	已知於三十四年五月出至二卷一期。一卷共出六期，出版於三十一年。
文風月刊	月刊	五月	該社	文風書店	重慶	八月出至一卷四期後停刊。
詩歌叢刊		五月	該社	文林出版社	重慶	僅出一輯名「春草集」，王亞平等著。
譯文月刊	月刊	五月	該社	建華出社版	重慶	
文學修養	月刊	六月	青年寫作協會	同上	重慶	一卷出版六期。三十二年十月二十日出二卷一期起，改由文學修養社出版，鍾憲民主編，三十三年六月二十日出至二卷四期後停刊。

文化先鋒	周刊	九月一日	李辰冬	該社	重慶	先是周刊，後改爲半月刊，五卷二十四期起移至南京出版，三十七年九月出至九卷七期後停刊。
戲劇月刊	月刊	九月	該社	五十年代出版社	重慶	
戲劇知識	半月刊	九月	徐蘇靈 孔包時	南園	重慶	
詩家叢刊	年刊	九月	該社	戲劇文學出版社	重慶	三十二年九月出二輯時停刊。一輯名「詩家」、二輯名「詩人」改由羣益出版社出版。
文藝先鋒	半月刊	十月十日	王進珊	該社	重慶	後由李辰冬、徐霞村主編，丁伯騮編輯，八卷一期起移南京出版，三十七年九月出至十三卷三期後停刊。該刊是中國國民黨抗戰及戰後最重要文學刊物，發行人爲張道藩。
戲劇生活	月刊		該社	該社	重慶	已知出版四期。
演劇生活	月刊	十一月	新中國劇社	同上	重慶	已知三十二年一月出至三期。
中國詩刊	月刊	十月	中國詩社	同上	南京	至十二月止，已出版三期。
文藝雜誌	月刊	一月十五日	王魯彥 邵荃麟	大地圖書公司	桂林	三十三年三月出至三卷二期後停刊，共十四期。該刊於三十四年五月復刊，至九月止，共出三期。
創作月刊	月刊	三月十五日	張煌	現代出版社	桂林	已知十二月出至二卷一期，共七期。
微波	月刊	三月	該社	該社	桂林	已知於六月出至三期。
文學譯報	月刊	五月一日	秦似 孟昌	文獻出版社	桂林	三十二年九月出至二卷六期後停刊，共十一期，編輯人另有莊壽慈、蔣璐。

半月文萃	半月刊	五月五日	該社	立體出版社	桂林	三十三年六月出至三卷三期後停刊，一卷出十二期，二卷出六期三卷出三期，共二十一期。三十五年一月復刊，期數另起。
種子	月刊	七月五日	華嘉	繁星書店	桂林	
呼吸	月刊	七月	該社	該社	桂林	胡風系刊物之一。
文學創作	月刊	九月十五日	熊佛西 蕭鐵	三戶圖書社	桂林	三十三年六月出至三卷二期，每卷出六期。
文學批評	月刊	九月	王鬱天	大地圖書公司	桂林	三十二年三月出至一卷二期停刊。
青年文藝	雙月刊	十月十日	葛琴	白虹書店	桂林	三十三年七月出一卷六期後停刊。三十三年十二月重慶復刊，卷期另起。
人世間	半月刊	十月十五日	鳳子	該社	桂林	三十四年十一月出二卷一期後停刊。三十六年三月在上海復刊，改月刊，由利羣書報發行所經售。
世界文藝			陳原	該社	桂林	
文藝	月刊	六月	該社	該社	陝壩	
燎原			燎原文藝社	燎原文藝社	梅縣	已知出有六期。
中國詩藝	月刊	一月	該社	該社	貴陽	
朝暾文藝月刊	月刊	二月	該社	該社	萬縣	
大地文叢	月刊	五月	該社	該社	葉縣	僅出一期。
月季花	月刊	六月	該社	該社	達縣	
文藝新地	半月刊	四月	該社	力報社	衡陽	已知八月出至七期。

藝文集刊	半月刊	八月	藝文社	中華正氣出版社	贛縣	
晉察冀文藝		一月	田間	該社	晉察冀北嶽區	
詩建設				西北戰地服務社	晉察冀北嶽區	
文藝學習					晉察冀北中區	
新文藝			沙寨		晉察冀北南區	

三十二年

名稱	刊期	創刊時間	編輯人	發行	出版地	備註
萬歲	半月刊	一月	危月燕	萬歲雜誌社	上海	鴛鴦蝴蝶派刊物，五月出至二卷二期停刊，共出八期。周楞枷筆名危月燕，曾主編「萬人」月刊，僅出一期。
紫羅蘭	月刊	四月一日	周瘦鵑	商社書報發行所	上海	三十四年三月一日出十八期後停刊。爲鴛鴦蝴蝶派刊物。
人間	月刊	四月	吳易生	人間出版社	上海	汪僞政府刊物。
風雨談	月刊	四月	柳雨生	該社	上海	三十四年八月至二十一期停刊，爲汪僞政府刊物。
文學月報	月刊	六月	該社	該社	上海	已知十二月出至一卷六期。
春秋	月刊	八月十五日	陳蝶衣	商社書報發行所	上海	三十四年出二卷七期後停刊半年，爲鴛鴦蝴蝶派刊物。三十五年四月復刊，由陳滌夷（陳蝶衣）、文宗山（吳崇文）合編，爲三卷一期，由春秋雜誌社出版。

天地	月刊	十月十日	馮和儀	天地出版社	上海	已知三十四年六月出二十一期，爲汪僞政府刊物。
天下	半月刊	十一月	葉勁風	天下出版社	上海	三十三年一月出至六期後停刊。
文協	月刊	十一月	中日文化協會	中日文化協會	上海	汪僞政府刊物。
全面半月刊	半月刊		秦瘦鷗	該社	上海	
藝文雜誌	月刊	七月	藝文社	新民印書社	北平	三十三年六月出滿二卷共十二期停刊，汪僞政府刊物。
文學集刊	季刊	九月	藝文社	該社	北平	三十三年四月出至二期停刊，汪僞政府刊物。
文心	月刊	三月	李小珊	該社	成都	五月出二期後停刊。
東方文化	月刊	五月	該社	該社	成都	已知三十四年九月出至二卷三期，一卷有六期。
文藝創作	月刊	八月	該社	該社	成都	僅出一期。
長風文藝	雙月刊		吳建等	該社	沅陵	
文學評論		十二月	該社	華僑書店	昆明	
戲劇月報	月刊	一月	陳白塵 張駿祥	五十年代出版社	重慶	三十三年四月出五期後停刊，編輯人另有潘子農、曹禺、凌鶴、郁文哉、趙銘彝、賀孟斧、陳鯉庭等。曾出版「歷史劇問題特輯」。
時代生活	月刊	二月二十日	該社	該社	重慶	在重慶出至二卷六期，三十五年五月三卷一期起在上海出版。
時與潮文藝	雙月刊	三月十五日	孫晉三	時與潮社	重慶	二卷起改爲月刊，三十五年五月出滿五卷停刊。第一卷出三期，二至五卷每卷六期，共二十七期。

天下文章	月刊	三月十五日	徐昌霖等	新生圖書公司	重慶	三十四年六月出滿二卷停刊，每卷六期，共十二期。
詩座	月刊	三月	該社	該社	重慶	僅出一期。
文學	月刊	四月	文學社	五十年代出版社	重慶	三十三年十一月至二卷四期停刊，一卷出六期，共十期，三四年八月復刊，僅出一期，卷期另起。
中原	月刊	六月	郭沫若	羣益出版社	重慶	三十四年十月出至二卷二期後停刊，一卷出四期，共六期。
民族文學	月刊	七月七日	陳銓	青年書店	重慶	
世界文學	雙月刊	九月	柳無忌 徐仲年	世界文學社	重慶	十一月出一卷二期停刊，編輯人另有鍾憲民。
戲劇時代	月刊	十一月十一日	洪深 馬彥祥	中央青年劇社	重慶	三十三年十月出一卷六期停刊。編輯人另有吳祖光、焦菊隱、劉念渠等。第三期爲「紀念戲劇節特輯」。
文風雜誌	月刊	十二月	韓侍桁	文風書店	重慶	三十三年八月出至一卷六期停刊。
詩墾地	月刊		該社	讀書生活出版社	重慶	
作品	月刊	七月	田野	野草書屋	南京	汪僞政府刊物。
文編	半月刊		夏炫	野草書屋	南京	汪僞政府刊物。
新流	月刊		華洪熙	新流出版社	南京	汪僞政府刊物。
文學報	月刊	五月	該社	遠方書店	桂林	胡風系刊物。
明日文藝	月刊	五月	陳占元	明日社	桂林	已知十一月出至二期。
藝叢	月刊	五月	孟超	集美書店	桂林	已知七月出至二期。
大千	月刊	六月十五日	陳邇冬	大千雜誌社	桂林	三十三年十一月出至六期後停刊。三十五年七月在漢口復刊，期數另起。

名稱	刊期	創刊時間	編輯人	發行	出版地	備註
新文學	月刊	七月十五日	蕭鐵	該社	桂林	已知三十三年五月出至一卷四期。
文學雜誌	月刊	十月五日	孫陵	大地圖書公司	桂林	已知十一月出至二期後停刊。
古黃河	月刊	三月	單國維	該社	徐州	三十三年五月出至二卷二期停刊，共八期。三十四年一月復刊出「革新號」，卷期另起，為汪偽政府刊物。
詩站	月刊		蕪軍	萌芽社	砰石	萌芽社後來曾由蕪軍主編「詩站叢刊」，曾出過「沃土」、「夜唱」、「普希金林」等輯，「夜唱」一輯係三十三年五月出版。
文藝新村	月刊		該社	該社	碧湖	
詩月報	月刊	六月	該社	三五書店	樂山	已知出版二期。

三十三年

名稱	刊期	創刊時間	編輯人	發行	出版地	備註
大方		一月五日	王小逸 謝啼紅	該社	上海	數期後停刊，為鴛鴦蝴蝶派刊物。
文藝生活	半月刊	一月	該社	五洲書報社	上海	
文潮	月刊	一月	馬博良	天下出版社	上海	三十四年三月出至二卷一期後停刊。
詩領土	月刊	三月	路易士	該社	上海	十二月出至五期後停刊，路易士為詩人紀弦早年筆名。
新地	月刊	五月	周子輝	新地出版社	上海	已知九月出至二期。
千秋	月刊	一月	徐礎	五洲書報社	上海	已知出版二期。
潮流叢刊	月刊	六月	陳兆年 馬博良	兆良書屋	上海	

小天地	月刊	八月	班公	天地出版社	上海	汪僞政府刊物，周班侯筆名班公。
光化	月刊	十月十日	離石	光化出版社	上海	汪僞政府刊物。
飈	月刊	十月	張信錦	飈出版社	上海	已知出版二期。
文藝春秋叢刊	不定期	十月	范泉	永祥印書館	上海	至三十四年九月共出五輯，一輯名「兩年」，五輯名「黎明」。三十四年十二月十五日二卷一期改爲月刊，名「文藝春秋」，三十八年四月十五日出至八卷三期後停刊，該刊於三十六年一至四月間曾出版，文藝春秋副刊」三期。
文史	半月刊	十一月十六日	文載道	文史出版社	上海	出版一期卽停刊七個月。三十四年六月二十日復刊，改月刊，爲第二期，該期亦爲「日記特輯」。是汪僞政府刊物。金性堯筆名文載道。
文潮副刊	半月刊	十二月	馬博良	天下出版社	上海	已知三十四年一月出至四期。
文藝世紀	季刊		楊樺等	文藝世紀社	上海	汪僞政府刊物。
沙流			郁漫雲	沙流詩社	上海	爲新詩刊物。
現代詩	月刊	三月	劉榮恩	工商學院附中	天津	已知三十六年五月出至十三期。
高原	月刊	十一月一日	該社	高原出版社	西安	已知三十四年五月出至三期。
青鳥	月刊		該社	青鳥出版社	西安	
新軍	雙月刊	二月	駱駝社	建國書店	重慶	已知出版二期。
中國文學	月刊	四月	該社	文信書局	重慶	三十四年四月出至一卷五期停刊。
火之源叢刊	不定期	四月	周牧人	羣益出版社	重慶	創刊號名「挑泥土的孩子」，田間等著。
火之源	月刊	五月	李一痕	火之源社	重慶	已知至三十四年止出版六期。

希望	月刊	五月	胡風	五十年代出版社	重慶	創刊不久停刊，三十四年一月復刊，期數另起，已知出有四期。三十五年四月於上海再度復刊，與「七月」同爲胡風系主要刊物。
微波	月刊	八月	該社	文信書店	重慶	已知於三十四年二月出版二期。
文學新報	半月刊	十二月二十日	蕭曼若	羣益出版社	重慶	已知三十四年出至二卷四期。
西洋文學月刊	月刊		該社	該社	香港	已知出有十期。
文藝者	月刊	六月	該社	中央書報社	南京	
當代文藝	月刊	一月一日	熊佛西	該社	桂林	六月一日出滿一卷六期後停刊，爲當時大型文藝刊物。
文藝新地	月刊	六月一日	葉金	該社	泰和	
掃蕩文藝彙刊	季刊		汪滌天	軍委會政治部	黟縣	
文藝報	半月刊		該社	該社	蘭州	已知出至二卷一期。
華東文學會叢刊	不定期	四月	華東大學文學系	華東文學會	華東	一輯名「初苗」，胡山源等著，三十四年二月出版二輯「穗」，黃九如等著。

三十四年

名稱	刊期	創刊時間	編輯人	發行	出版地	備註
文藝	月刊	二月	康月	文藝出版社	上海	
詩歌叢刊	不定期		藍漪	爭榮出版社	上海	三月出「抒情」輯，五月出「藍百合」輯。
文學期刊	月刊	一月	文協三臺分會	同上	三臺	僅出一期。

譯萃文藝		一月	中法漢學研究所		北平	僅出一期。
歌與詩	月刊	一月	該社	音樂月刊社	西安	已知出版七期。
流火	不定期	三月	該社	流火出版社	西安	
每週文藝	周刊	五月	鄭伯奇	秦風工商聯合報社	西安	
時代文藝	月刊	八月	郭根等	該社	西安	
詩與音樂	月刊	四月	該社	該社	成都	
時代文學	月刊	六月	該社	該社	成都	已知三十五年九月出至一卷八期。
五月之歌		五月	該社	北門出版社	昆明	
藝文誌	月刊	一月	聶紺弩	文化供應社	重慶	三月出版二期後停刊。
詩文學叢刊	月刊	二月	邱曉松 魏荒弩	該社	重慶	已知五月出至二期。
文哨	月刊	五月	葉以羣	建國書局	重慶	十月出至一卷三期後停刊。
文藝雜誌	月刊	五月	該社	人生出版社	重慶	已知九月出至新一卷三期。本刊前於三十一年一月在重慶創刊，翌年停刊，三十四年五月復刊後，卷期另起。
青鳥		五月	該社	該社	重慶	
詩詞曲月刊	月刊	五月	該社	中華樂府月刊社	重慶	已知出版三期，又名「中華樂府」。
文藝月報	月刊	六月	田濤	亞洲圖書社	重慶	僅出一期。
藝風	月刊	七月	舒禾等	該社	重慶	
世界文藝季刊	季刊	八月	楊振聲 李廣田	商務印書館	重慶	三十五年十一月出至一卷四期後停刊，該刊前身爲「世界學生」月刊，三十一年一月在重慶創刊，已知卅二年九月出至二卷七期。

後記：

一、本目錄初稿主要係參考下列目錄、期刊以及筆者所收藏之雜誌與平時筆記編成，因所見資料有限，遺漏或錯誤在所難免，還望讀者能惠予指正補充，期能更臻完備。

1.魯深：晚清以來文學期刊目錄簡編（初稿），原載張靜廬輯註之「中國現代出版史料」丁編下冊。

2.瘂弦：民國以來新詩總目初編——詩刊部份（二），原載「創世紀」詩刊（季刊）第四十六期，民國六十六年十二月臺北出版。

3.鄭逸梅：民國舊派文藝期刊叢話。原載魏紹昌編「鴛鴦蝴蝶派研究資料」一書，一九六二年「上海文藝出版社」。

4.全國中文期刊聯合目編（一八三三——一九四九一九），一九六一年十二月「北京圖書館」出版。

5.中國近代叢書目錄，一九八〇年出版。

6.「圖書月刊」一卷一期起至三卷三、四期合刊，重慶國立中央圖書館編印，民國三十年一月至三十三年五月出版。

7.「圖書季刊」新一卷一期至新六卷三、四期合刊，國立北平圖書館編印，民國二十八年三月至三十四年十二月出版。

3

抗戰時期文學作品目錄

● 新月詩人卞之琳「慰勞信集」一書民國二十九年昆明明日社出版部初版本封面。

● 臧克家報告長詩「淮上吟」一書初版本封面。該書係民國二十九年五月由重慶上海雜誌公司印行，列爲鄭伯奇主編的「每月文庫二輯之二」。

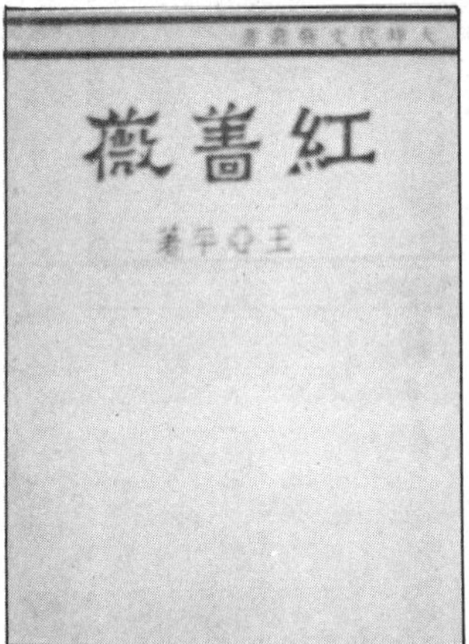

● 王亞平詩集「紅薔薇」一書封面。該書係民國二十九年十一月由長沙商務印書館初版，列爲王平陵主編的「大時代文藝叢書」之一。

● 鄭振鐸抗戰詩集「戰號」，民國二十六年十月上海生活書店初版本封面。

●蘇雪林「青鳥集」民國二十七年七月長沙商務印書館初版本封面。

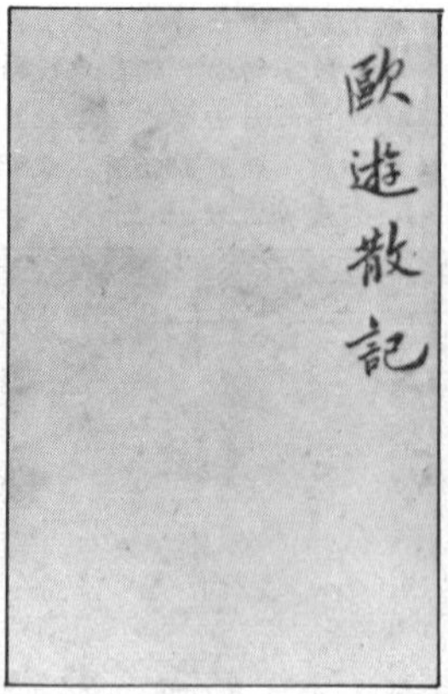

●王統照「歐遊散記」民國二十八年五月上海開明書局初版本封面。

●繆崇羣（1907－1945）散文集「廢墟集」一書初版本封面。該書係民國二十八年九月由上海文化生活出版社初版，列為「文季叢書第七種」。

●周黎庵「吳鈎集」民國二十九年二月上海宇宙風社初版本封面。

●徐訏散文小品集「春韮集」民國三十二年十月成都東方書社新版封面。

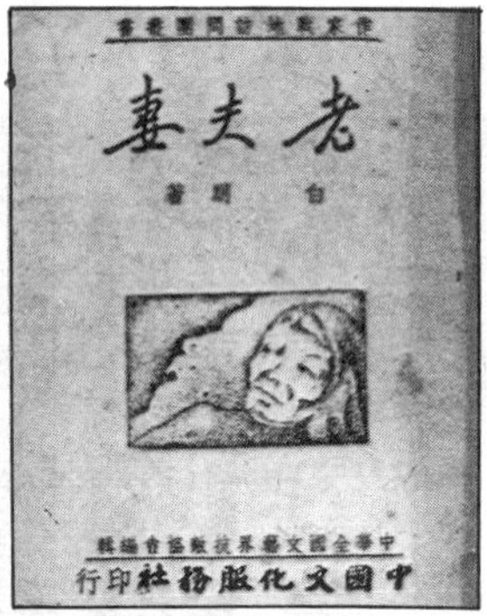

●東北女作家白朗中篇小說「老夫妻」一書初版封面。該書係民國二十九年四月由重慶中國文化服務社印行，列爲「文協」主編之「作家戰地訪問團叢書」之一。

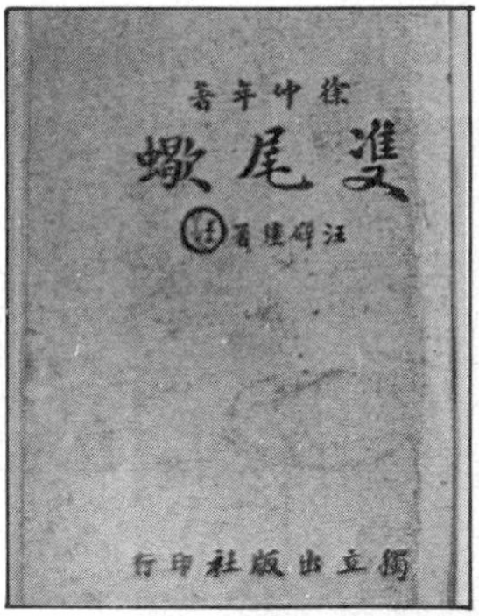

●徐仲年長篇小說「雙尾蠍」民國二十九年一月重慶獨立出版社初版本封面。

●李輝英短篇小說集「夜襲」一書初版本封面。該書係民國二十九年四月由重慶中國文化服務社印行，列爲「文協」主編之「作家戰地訪問團叢書」之一。

●東北作家楊朔長篇小說「帕米爾高原的流脈」民國二十八年八月重慶生活書店初版本封面。

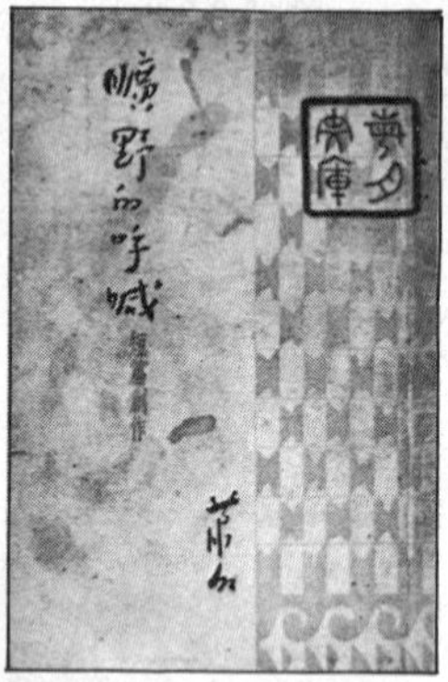

●蕭紅（1911－1942）短篇小說集「曠野的呼喊」一書初版本封面。該書係民國二十九年三月由重慶上海雜誌公司出版，列爲鄭伯奇主編的「每月文庫一輯之十」

●左：王行巖（姜貴）長篇小說「突圍」民國二十八年七月上海世界書局初版本封面。

右：柯靈短篇集「掠影集」民國二十八年七月上海世界書局初版本封面。

● 張文瀾編輯之「女兵冰瑩」書，民國二十九年二月重慶獨立出版社初版本封面。

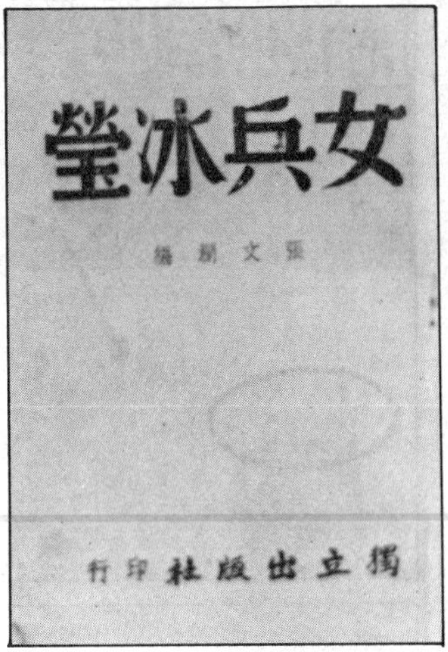

● 吳其昌著傳記「梁啓超」民國三十三年七月重慶勝利出版社初版本封面。

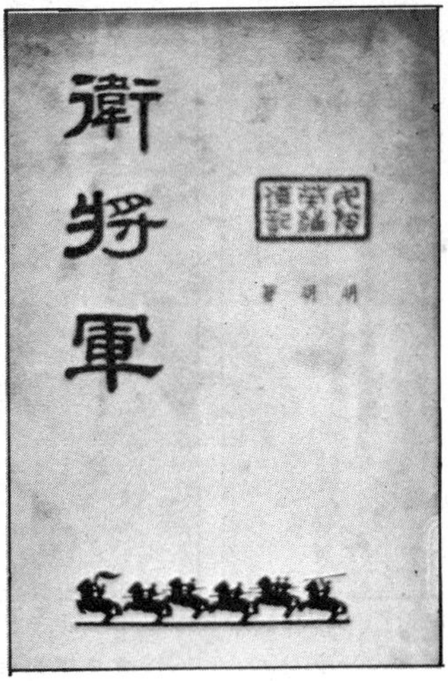

● 明明著「衛將軍」民國二十八年十月上海雜誌公司初版本封面。

● 顧仲彝等著，舒湮主編之「演劇藝術講話」一書初版本封面。該書係民國二十九年二月由上海光明書局印行。

● 葛一虹「戰時演劇論」民國二十七年十二月重慶讀書生活出版社初版本封面。

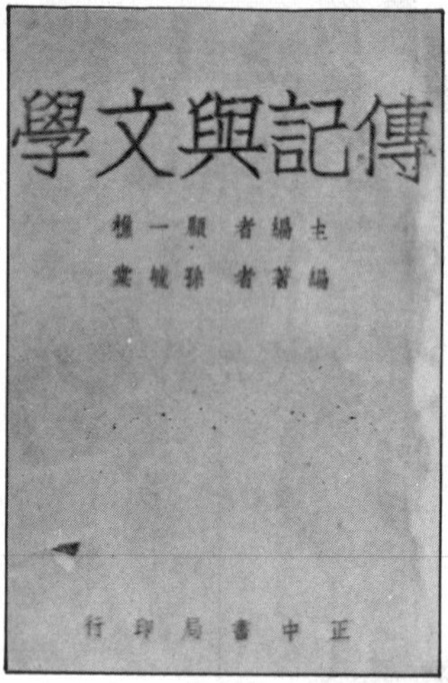

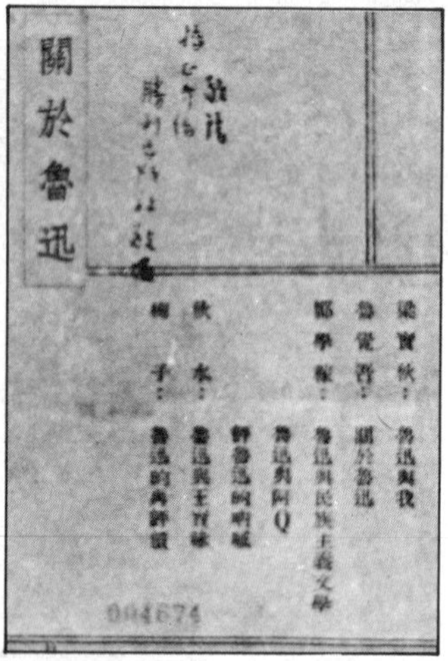

● 新月詩人，「寶馬」作者孫毓棠所著「傳記與文學」一書封面。該書係民國三十二年三月由重慶正中書局出版，列爲顧一樵主編的「建國文藝叢書」第一種。

● 三十一年十月出版，由梅子編輯，重慶勝利出版社印行的「關於魯迅」一書封面，作者有梁實秋、鄭學稼等。

● 宋之的抗戰五幕劇「旗艦出雲號」初版本封面。該書係民國二十七年八月由漢口上海雜誌公司印行，列為「大時代文庫第十二種」。

● 張道藩抗戰劇集「最後關頭」一書初版本封面。該書係民國二十七年十一月 由重慶藝文出版社出版， 獨立出版社發行，列為「抗戰戲劇叢書之五」，收有五幕劇「最後關頭」及獨幕劇「殺敵報國」。

● 楊村彬歷史劇「秦良玉」民國二十八年一月初版本封面。

●洗羣著獨幕劇「珍珠」民國三十二年二月桂林文獻出版社初版本封面。 歷

●蕭卓麟歷史劇「齊王田橫」民國三十二年一月重慶經緯出版社初版本封面。

●王夢鷗著三幕劇「燕市風沙錄」民國三十三年二月重慶正中書局初版本封面。

●老舍三幕話劇「大地龍蛇」民國三十年十一月重慶國民圖書出版社初版本封面。

●王瑩、舒羣、適夷、錫奎、羅烽、羅蓀集體創作之三幕劇「臺兒莊」初版本封面。該書係民國二十七年六月由漢口讀書生活出版社印行。

●馬彥祥改編的五幕劇「古城的怒吼」民國二十七年五月漢口華中圖書公司初版本封面。

●唐納四幕劇「中國萬歲」民國二十八年五月香港大公報代辦部三版本封面。

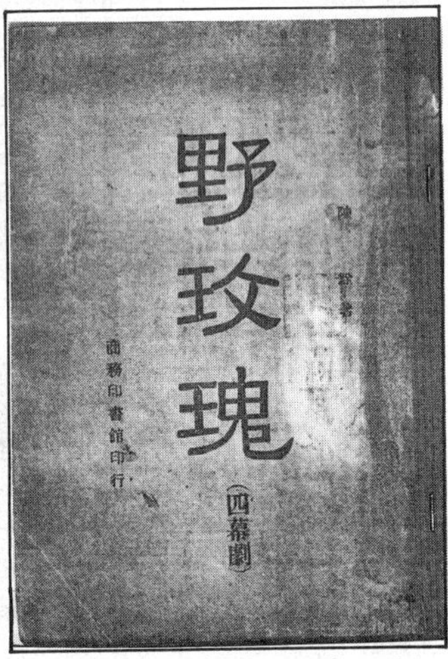

●陳銓四幕劇「野玫瑰」民國三十一年四月重慶商務印書館初版本封面。

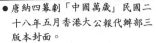

●崔嵬、王震之合著之三幕劇「八百壯士」一書初版本封面。該書係民國二十七年一月由漢口上海雜誌公司印行，列爲「大時代文庫第二種」。

●田漢五幕劇「阿Q正傳」民國二十八年十月上海現代戲劇出版社第五版封面。該書係民國二十六年十月在漢口初版。

●洪深獨幕劇「飛將軍」一書初版本封面。該書係民國二十六年十二月由上海上海雜誌公司印行，列爲〈大時代文庫第一種〉。

●「蘆溝橋」二種話劇封面。右爲胡紹軒著民國二十七年六月漢口華中圖書公司再版本封面。左爲田漢著民國二十七年一月漢口大衆出版社初版本封面。

編例

一、本目收錄民國二十六年七月至三十四年八月間全國出版的文學作品，但鴛鴦蝴蝶派作品及以文言寫作者，暫不收錄。

二、本目次依序爲小說、散文、新詩、劇本、論著、傳記、合集等共七類。

三、小說類加註短篇小說集（略爲「短」字）；中篇小說（略爲「中」字）；以及長篇小說（略爲「長」）等三項，未確知者，不加註。中篇小說係以原書版權頁上之記載、作者本身之聲明或篇幅在一五〇頁以下者爲依據。

四、散文係指廣義而言，舉凡小品文、議論文、隨筆、素描、報告、通訊、雜感、日記等等均包括在內。

五、新詩類大多爲詩集，惟如確知爲長詩或其他特殊體裁之詩體，亦一併加註，以供參考研究。

六、劇本大體上加註劇集、獨幕、多幕三種。劇集係指獨幕或多幕之合集，惟事實上，多幕劇之合集甚爲少見。

七、論著類主要係以中外古今之文學研究爲收錄範圍。

八、傳記類主要係收錄自傳、回憶錄、傳記、年譜、評傳、列傳等作品。

九、合集類主要分爲二種，一爲作者在二人以上，且內容並非限於一類者；一爲作者僅爲一人，但內容也並非限於一類者。後者，可稱爲「文集」，因量少，所以合在一起，但是儘量加註該書內容。

十、每類編排係按年月次序排列，未知月份者，排在該年最後面，未知年份者，排在該類最後面。

十一、本目收錄版本原則上以初版爲主，如查無初版，則以再版代之。又一書如有不同版本，則儘錄之。

一、小說

二十六年

時間	書名	作者	出版地	出版者
七月	大波（下冊） 長	李劼人	上海	中華書局

時間	書名		作者	出版地	出版者
七月	苦難	短	沙汀	上海	文化生活出版社
七月	兒童節	短	羅洪	上海	文化生活出版社
七月	靳以短篇小說一集	短	靳以	上海	開明書店
七月	還家	短	彭慧	桂林	國光出版社
八月	亞麗安娜	短	巴金	上海	文化生活出版社
八月	稻粱集	短	何家槐	上海	北新書局
八月	飢寒人	短	歐陽山	上海	北新書局
九月	涓涓	中	蕭軍	上海	燎原書店
九月	殘冬	短	茅盾	上海	文化生活出版社
九月	微波	短	茅盾	上海	文化生活出版社
九月	小城春秋	短	茅盾	上海	文化生活出版社
九月	毒		里林	上海	燎原書店
十一月	三大都會的毀滅	短	徐遲	上海	千秋出版社
十一月	控訴	短	巴金	上海	烽火社
十二月	虹霓集	短	青子	上海	商務印書館
十二月	春雲短篇小說選集	短	春雲月刊編輯部	重慶	春雲社
本年	戰時小說選	短	巴金等	廣州	戰時出版社

二十七年

時間	書名		作者	出版地	出版者
一月	給予者（集體創作）	中	東平執筆	漢口	讀書生活出版社

二月	枕上集	短	徐方西	長沙	商務印書館
三月	春（激流之二）	長	巴金	上海	開明書店
三月	抗日的英雄		傅平		新知出版社
四月	紅燈籠	短	羅皚嵐	長沙	商務印書館
五月	大地的海	長	端木蕻良	上海	生活書店
五月	有志者	短	茅盾等	上海	開明書店
五月	小花	短	靳以等	上海	開明書店
五月	烟苗季後部	長	周文	上海	文化生活出版社
五月	莫雲與韓爾謨少尉	中	羅烽	廣州	上海雜誌公司
五月	大上海的一日	短	駱賓基	廣州	烽火社
六月	西線隨征記		舒羣	廣州	上海雜誌公司
七月	傷兵旅館	短	魯彥	漢口	大路書店
八月	生人妻	短	羅淑	上海	文化生活出版社
八月	野鳥集	短	蘆焚	上海	文化生活出版社
十月	時代的跳動（一名：跳動）	長	張天翼	上海	文化勵進社
十月	東方的坦倫堡	中	王平陵	重慶	藝文研究會
十月	要塞退出的時候	中	沙雁	重慶	藝文研究會
十一月	愛情的三部曲（霧、雨、電）合訂本	長	巴金	上海	開明書店
十一月	江湖集	短	蘆焚	上海	開明書店
十一月	夢之谷	長	蕭乾	上海	文化生活出版社

時間	書名		作者	出版地	出版者
本年	新女性的日記		陸笑梅	上海	希望出版社
本年	東村事件	短	丁玲	上海	綠葉書店
本年	春風楊柳		方奈何		昌明印刷所
本年	摩登花		梁丙周		大通書局
二十八年					
一月	創	長	羅皚嵐	天津	冀南學社
一月	無名氏	短	蘆焚	重慶	文化生活出版社
二月	萌芽（又名：雪）	長	巴金	上海	新生出版社
三月	駱駝祥子	長	老舍	上海	人間書屋
三月	五臺山下（再版）	短	劉白羽	重慶	生活書店
四月	同鄉們	短	張天翼	上海	文化生活出版社
四月	藍河上	短	劉白羽	上海	文化生活出版社
五月	淨火	長	周楞伽	上海	洪流出版社
五月	科爾沁旗草原	長	端木蕻良	上海	開明書店
五月	灰燼	短	蕭乾	上海	文化生活出版社
五月	海島上	短	艾蕪	上海	文化生活出版社
五月	踰越節	短	朱雯	上海	文化生活出版社
五月	遙遠的後方	短	艾蕪等	上海	大時代出版社

七月	十人集	短	郭源新（鄭振鐸）等	上海	世界書局
七月	掠影集	短	柯靈	上海	世界書局
七月	突圍	長	王行巖（姜貴）	上海	世界書局
八月	逃荒	短	艾蕪	上海	文化生活出版社
八月	茅盾短篇小說集（第二集）	短	茅盾	上海	開明書店
八月	帕米爾高原的流脈	長	楊朔	重慶	生活書店
八月	火車集	短	老舍	漢口	上海雜誌公司
八月	紅巾誤	長	傑克（黃天石）	香港	復興出版社
九月	地上的一角	短	羅淑	上海	文化生活出版社
九月	新生代（第一部：一二・九）	長	齊同	重慶	生活書店
九月	夏忙	短	駱賓基	桂林	烽火社
十月	萌芽	短	艾蕪	重慶	烽火社
十月	邊陲線上	長	駱賓基	桂林	文化生活出版社
十一月	血的故事	短	靳以等	上海	新光出版社
十一月	逃難	中	金魁	上海	文化生活出版社
十二月	主婦集	短	沈從文	長沙	商務印書館
十二月	風陵渡	短	端木蕻良	重慶	上海雜誌公司
本年	武裝的農村	中	徐遲	上海	明明書局
本年	時代的跳動（一名：輪齒）	長	張天翼	上海	大夏書局
本年	晦明	長	朱炳蓀	上海	和平印書局
本年	奈何天	短	陳瘦竹	長沙	商務印書館

時間	書名		作者	出版地	出版者
本年	地下	長	程造之	香港	海燕書店
本年	創痕	短	巴彥		中華文學研究社

二十九年

時間	書名		作者	出版地	出版者
一月	周文短篇小說集（第一集）	短	周文	上海	開明書店
一月	雙尾蠍	長	徐仲年	重慶	獨立出版社
一月	五行山血曲	短	蕭紅等	延安	文藝突擊叢書社
一月	第三百零三個	短	布德		上海雜誌公司
二月	荒謬的英法海峽	中	徐訏	上海	夜窗書屋
三月	使命	短	李健吾	上海	文化生活出版社
三月	遭遇	中	金魁	上海	文化生活出版社
三月	十誡	中	雨田	上海	文化生活出版社
三月	荒	短	田濤	上海	文化生活出版社
三月	大時代的小故事	短	端木蕻良編	重慶	文摘出版社
三月	曠野的呼喊	短	蕭紅	重慶	上海雜誌公司
三月	春戀曲	長	明天	桂林	前導書局
四月	漁汛	短	宋樾	上海	文化生活出版社
四月	往事	短	謝冰心	上海	開明書店
四月	秋（激流之三）	長	巴金	上海	開明書店
四月	父子	短	巴金	上海	新光書店

四月	鬼戀	中	徐訏	上海	夜窗書店
四月	黑暗與光明	短	林淡秋	上海	光明書局
四月	老夫妻	中	白朗	重慶	中國文化服務社
四月	夜襲	短	李輝英	重慶	中國文化服務社
四月	跳動	長	張天翼	香港	奔流書店
五月	皮包與煙斗	短	巴人	上海	光明書局
五月	全家村	長	老舍	上海	宇宙風社
五月	紅燈籠故事	短	姚雪垠	昆明	大路出版公司
五月	東戰場別動隊	中	駱賓基	昆明	大路出版公司
五月	子午線	中	田濤	昆明	大路出版公司
五月	江南風景	短	端木蕻良	重慶	大時代書局
六月	黑白集	短	王彬	上海	新地出版社
六月	夜戲	短	聶紺弩	永安	改進出版社
七月	新舊時代	中	關露	上海	光明書店
七月	紅花地之守御	短	丘東平	上海	一般書店
七月	救亡者	中	周文	長沙	商務印書館
七月	不願做奴隸的人們	短	朱雯	重慶	烽火社
八月	夜宿集	短	王西彥	長沙	商務印書館
八月	利娜	中	巴金	上海	文化生活出版社
八月	秘密的故事	中	舒羣	上海	文化生活出版社
八月	佳訊	短	王任叔	長沙	商務印書館
九月	報復	短	王西彥	永安	改進出版社

十月	三月天	短	屈曲夫	上海	文化生活出版社
十月	活路	短	羅洪	上海	文藝新潮社
十一月	春天（改排本）	中	艾蕪	上海	良友復興圖書印刷公司
十一月	在白森鎮（改排本）	中	周文	上海	良友復興圖書印刷公司
十二月	火（第一部）	長	巴金	上海	開明書店
十二月	靳以短篇小說集	短	靳以	上海	開明書店
十二月	隨糧代徵	長	高詠	上海	文化生活出版社
十二月	佃戶集	短	劉祖春	長沙	商務印書館
本年	精神病患者的悲歌	長	徐訏	上海	夜窗書屋
本年	吉布賽的誘惑	中	徐訏	上海	夜窗書屋
本年	一家	中	徐訏	上海	夜窗書屋
本年	費宮人（再版）	短	徐訏	上海	宇宙風社
本年	在草原上	短	趙宗濂	北平	輔仁文苑社
本年	泥沼	長	袁犀	北平	文選刊行會
本年	藍蝴蝶（再版）	短	陳銓	長沙	商務印書館
本年	下鄉集	短	徐轉蓬	長沙	商務印書館
本年	橫渡	短	羅烽	長沙	商務印書館
本年	〇四〇四號機	短	陶雄	香港	海燕書店
本年	鳳	短	趙清閣	重慶	華中圖書公司
本年	偉大的教養	短	任何	香港	海燕書店
本年	南南同鬍子伯伯（童話）	短	嚴文井	桂林	文化供應社

時間	書名		作者	出版地	出版者
本年	月球旅行記	長	周楞伽		山城書店
本年	避難日記	長	簡易從		國民書店
本年	桃源	中	梁世熙		義文書店
本年	糧食	短	羅烽		

三十年

時間	書名		作者	出版地	出版者
一月	菌兒自傳（科普小說）	長	高士其	上海	開明書店
一月	如蕤	短	沈從文	上海	藝流書店
一月	火（第二部）	長	巴金	上海	開明書店
一月	生命	短	葛琴	永安	改進出版社
一月	地下（再版）	長	程造之	香港	海燕書店
一月	馬伯樂	長	蕭紅	重慶	大時代書局
一月	去故集	長	王秋螢	新京	文叢刊行會
二月	苦菜		戴平凡	上海	光明書局
三月	夜奔	短	王平陵	長沙	商務印書館
四月	電子姑娘（科普小說）	長	顧均正	上海	開明書店
四月	科學之驚異（科普小說）	長	顧均正	上海	開明書店
五月	上海手札	短	蘆焚	上海	文化生活出版社
五月	長子	短	歐陽山等	上海	華新圖書公司
五月	呼蘭河傳	長	蕭紅	重慶	上海雜誌公司

五月	爲奴隸的母親（英漢對照）	短	柔石	香港	齒輪編譯社
六月	華亭鶴	短	盧生（王統照）	上海	文化生活出版社
六月	湖畔	短	叔文（張兆和）	上海	文化生活出版社
六月	洪流	短	靳以	重慶	文化生活出版社
六月	文博士（一名：選民）	長	老舍	奉天	振興排印局
六月	螢燈（童話）	短	落華生（許地山）	香港	進步教育出版社
六月	交響	短	林淡秋	香港	海燕書店
七月	無望村的館主	中	季孟（師陀）	上海	開明書店
七月	黑麗拉	短	侶倫	上海	中國圖書出版公司
八月	桓秀外傳	中	楊剛	上海	文化生活出版社
八月	魚兒坳	短	羅淑	上海	文化生活出版社
八月	蕭連長	短	吳奚如	桂林	三戶圖書社
八月	遙遠的城	短	靳以	重慶	烽火社
十月	腐蝕	長	茅盾	上海	華夏書店
十月	幸福	短	蹇先艾	永安	改進出版社
十月	嬰	短	梅林	重慶	上海雜誌公司
十月	流血紀念章	短	歐陽山	重慶	華中圖書公司
十月	非非島夢遊記	長	司馬文森	桂林	文化供應社
十月	種子	中	張煌	桂林	文學編譯社
十月	魯迅小說選集	短	魯迅		朝花出版社
十一月	駱駝祥子	長	老舍	重慶	文化生活出版社

時間	書名		作者	出版地	出版者
本年	給姊妹們	長	葉舟	上海	光明書局
本年	京俗集	短	司徒	上海	朔風書店
本年	倀	短	陶雄	永安	改進出版社
本年	罪	短	雨田	永安	改進出版社
本年	梅子姑娘	短	謝冰瑩	西安	新中國文化出版社
本年	沃野（「地下」續篇）	長	程造之	香港	海燕書店
本年	皈依	中	張秀亞	兗州	保祿印書館
本年	幸福的泉源	中	張秀亞	兗州	保祿印書館
本年	殺嬰	中	何心		作家出版社
本年	孤兒苦鬥記	長	張勉寅		東方書店
本年	輕煙	長	周楞伽		羣立出版社
本年	米夫子	短	陸堅		大地圖書雜誌公司

三十一年

時間	書名		作者	出版地	出版者
一月	春天（豐饒的原野第一部）	中	艾蕪	桂林	今日文藝社
一月	鄉井	短	王西彥	桂林	三戶圖書社
一月	荒地	短	艾蕪	桂林	文化供應社
三月	地下沃野	長	程造之	桂林	海燕書店
三月	沒有鼻子的金菩薩	長	歐陽凡海	桂林	海燕書店
三月	一個東家的故事	中	巴人	桂林	未明社

三月	奇遇	短	司馬文森	桂林	白虹書店
三月	我們的海		孟超	桂林	白虹書店
三月	奇遇	短	司馬文森	桂林	白虹書店
三月	搏鬥		陳明章	桂林	貞實書店
四月	小事件	中	丁丁	南京	建國書店
四月	我們的喇叭	短	魯彥	重慶	南方印書館
四月	秋收	短	艾蕪	重慶	讀書出版社
四月	奴隸		孫樾	重慶	獨立出版社
四月	我們的喇吧	短	魯彥	重慶	烽火社
四月	還魂草	短	巴金	重慶	文化生活出版社
四月	轉形	中	司馬文森	桂林	文獻出版社
五月	紅燈籠故事	短	姚雪垠	上海	大路出版公司
五月	江邊血淚		李乃文	金華	天行雜誌社
五月	金菩薩	長	歐陽凡海	重慶	文林出版社
五月	新水滸	長	尹伯休	重慶	新生圖書公司
五月	黃昏	短	艾蕪	桂林	文獻出版社
六月	山下	短	蕭紅等	重慶	文風書店
六月	小說五年	短	徐霞村編	重慶	建國書店
六月	巴金短篇小說集（第三集）	短	巴金	桂林	開明書店
六月	紅豆的故事	短	孫陵	桂林	文化供應社
六月	創作小說選	短	荃麟選	桂林	文化供應社

六月	牛的故事	短	田濤	桂林	華僑書店
六月	刼後拾遺	長	茅盾	桂林	學藝出版社
七月	十三作家短篇名作集	短	張深切編	北平	新民印書館
七月	水沫集	短	陳瘦竹	重慶	華中圖書公司
七月	淚眼模糊中的信念	中	丁玲	桂林	未明社
七月	突變	中	陳荒煤	桂林	未明社
七月	喬英	短	梅林	桂林	文獻出版社
八月	同心集	短	田軍等著 袁笑星編	北平	藝術與生活社
八月	遠行集	短	碧野	重慶	烽火社
八月	覺醒、昏睡與愁苦（現代短篇小說集）	短	歐陽山編	桂林	育文出版社
八月	歷史小品選	短	魯迅等著 宋雲彬選註	桂林	立體出版社
八月	英雄	短	邵荃麟	桂林	文化供應社
八月	中國人（再版）	長	王誌之		大江出版社
九月	春天	中	艾蕪	重慶	文林出版社
九月	夜霧	長	S・Y（劉盛亞）	重慶	羣益出版社
九月	前夕（二册）	長	靳以	重慶	文化生活出版社
九月	西歸	短	田濤	桂林	今日文藝社
九月	荊棘的門檻	短	韓北屛	桂林	白虹書店

九月	伙伴們	長	于逢、易鞏	桂林	白虹書店
十月	櫻海集	短	老舍	成都	羣益出版社
十月	小說五年二集	短	徐霞村等編	重慶	建國書店
十月	牛全德與紅蘿蔔	長	姚雪垠	重慶	文座出版社
十月	魯迅小說選集（三册）	短	魯迅	桂林	民範出版社
十一月	狂飈	長	陳銓	重慶	正中書局
十一月	雪山集	短	立波等	桂林	華華書店
十二月	潮	長	田濤	重慶	建國書店
十二月	鐵苗	長	熊佛西	桂林	文人出版社
十二月	希望	長	司馬文森	桂林	國光出版社
十二月	恫悵	短	王西彥	桂林	今日文藝社
十二月	戰果	長	歐陽山	桂林	學藝出版社
本年	河流的底層	長	王秋瑩	大連	實業洋行
本年	赫哲喀拉族	中	布德	永安	改進出版社
本年	一家	短	徐訏	成都	東方書社
本年	春雷	長	陳瘦竹	重慶	華中圖書公司
本年	奇女行	短	陳瘦竹	重慶	商務印書館
本年	松花江上	長	李輝英	重慶	建國書店
本年	復戀的花果	長	李輝英	重慶	建國書店
本年	南京	長	S·M（亦門）	重慶	
本年	秋收	短	艾蕪	桂林	新光書店

時間	書名		作者	出版地	出版者
本年	動亂	長	馬寧	桂林	科學出版社
本年	南洋風雨	長	馬寧	桂林	文化供應社
本年	沒有演完的悲劇	短	韓北屏	桂林	科學書店
本年	骷髏集（歷史小說）	長	孟超	桂林	集美書店
本年	鳳凰嶺	長	紅雪		和平書局
本年	獻給年青女友	長	沙駝（王志聖）		大興書籍文具店
本年	情海生波、隱刑（上下册）	長	鳧公（潘式）		京津出版社
本年	糕糰西施	中	馮若梅		二酉出版社
本年	童年彩色夢	中	狂夢		大華印書局
本年	抗戰的前奏	長	李輝英		火線出版社
本年	葡萄園	長	謝人堡		唯一書店
本年	彷徨歧途	長	王志聖		
本年	江北人	長	周信華		
本年	雪	短	林淡秋		

三十二年

時間	書名		作者	出版地	出版者
一月	趕集	短	老舍	成都	羣益出版社
一月	牛天賜傳	長	老舍	成都	羣益出版社
一月	速寫三篇	短	張天翼	重慶	文化生活出版社
一月	驛運（再版）	短	白平階	重慶	文化生活出版社

一月	窮巷之多	短	莊瑞源	重慶	文座出版社
一月	蠢貨	短	司馬文森	桂林	文化供應社
二月	小說五年三集	短	徐霞村編	重慶	建國書店
二月	鄉下姑娘	長	于逢	桂林	科學書店
三月	戎馬戀	長	姚雪垠	重慶	大東書局
三月	鴨嘴澇（後名：山洪）	長	吳組緗	重慶	建國書店
三月	新鴛鴦譜	長	楊邨人	重慶	南方印書館
三月	饑餓的郭素娥	長	路翎	重慶	南天出版社
三月	燈光		朱君允	重慶	中國文化服務社
三月	我在霞村的時候	短	丁玲	桂林	遠方書店
三月	在教堂歌唱的人	短	陳荒煤	桂林	雅典書屋
三月	人間	短	司馬文森	桂林	白虹書店
四月	爲奴隸的母親（英漢對照）	短	柔石	桂林	遠方書店
四月	離婚	長	老舍	重慶	南方印書館
四月	第二年代	長	崔萬秋	重慶	文座出版社
四月	春燈集	短	沈從文	桂林	開明書店
五月	淘金記	長	沙汀	重慶	文化生活出版社
五月	霜葉紅似二月花	長	茅盾	桂林	華華書店
五月	谷	中	路翎	桂林	遠方書店
五月	手（英漢對照）	短	蕭紅	桂林	遠方書店

五月	冬夜	短	艾蕪	桂林	三戶圖書社
五月	愛	短	艾蕪	桂林	大地圖書公司
五月	播種者	短	駱賓基	桂林	大地圖書公司
五月	海的呼嘯	短	王西彥	桂林	大地圖書公司
五月	孤獨	短	司馬文森	桂林	今日文藝社
六月	老舍短篇小說集	短	梁世鐸編	長春	文化社
六月	人性的恢復	長	沈起予	重慶	大陸圖書公司
六月	南南同鬍子伯伯（童話）	短	嚴文井	重慶	美學出版社
六月	太陽	短	劉白羽	重慶	當今出版社
六月	耶穌之死	短	茅盾	重慶	作家書屋
六月	富良江的黑夜	短	于逢	重慶	作家書屋
六月	小說精華	短	茅盾等	重慶	文華書店
六月	十人小說集	短	沙汀等	重慶	文聿出版社
六月	磨坊	短	葛琴	桂林	耕耘出版社
六月	無花草	短	周爲		立體出版社
七月	予且短篇小說集	短	予且	上海	太平書局
七月	鐵血將軍	長	朱桐仙	重慶	中華書局
七月	重逢	中	姚雪垠	重慶	東方書社
七月	阿金	中	沈從文	桂林	開明書店
七月	黑鳳集	短	沈從文	桂林	開明書店
七月	不自由的故事—卍字旗下	短	劉盛亞	桂林	文光書店

八月	後方集	短	高植	重慶	正中書局
八月	伴侶	短	葛琴	桂林	三戶圖書社
八月	冰心小說集	短	冰心	桂林	開明書店
九月	邊城	長	沈從文	桂林	開明書店
九月	京西集	短	張金壽	北平	華北作家協會
九月	祖國之戀（電影小說）	中	史東山	重慶	當今出版社
九月	新人的故事	短	葉以羣	重慶	當今出版社
九月	雨季	長	司馬文森	桂林	文獻出版社
九月	差半車麥稭（英漢對照）	短	姚雪垠	桂林	遠方書店
九月	小二黑結婚	短	趙樹理	華北	新華書店
九月	小城生活	短	司馬文森	樂山	三五書店
十月	歡喜團	短	李廣田	桂林	工作社
十月	短篇佳作集（第一分集）	短	老舍等著 茅盾等選	桂林	良友復興圖書印刷公司
十一月	蓉蓉	長	聞國新	北平	華北作家協會
十一月	太平願	短	馬秋英	北平	新民印書館
十一月	萍絮集	短	蕭艾	北平	新民印書館
十一月	新苗（再版時改名：母愛）	長	姚雪垠	重慶	現代出版社
十一月	江上行	中	艾蕪	重慶	新羣出版社
十二月	美子的畫像	短	王藍	成都	東方書社
十二月	脫韁的馬	中	穗青	重慶	自強出版社

十二月	淮河的故事	中	王萍草	重慶	國民圖書出版社
十二月	春	中	沈從文	桂林	開明書店
十二月	月下小景	短	沈從文	桂林	開明書店
十二月	李有才板話	短	趙樹理	華北	新華書店
本年	貝殼	長	袁犀	北平	新民印書館
本年	魚	短	梅娘（孫嘉瑞）	北平	新民印書館
本年	生之細流	短	聞國新	北平	新民印書館
本年	精神病患者的悲歌	長	徐訏	成都	東方書社
本年	荒謬的英法海峽	中	徐訏	成都	東方書社
本年	一家	中	徐訏	成都	東方書社
本年	鬼戀	中	徐訏	成都	東方書社
本年	寒夜集	短	何家槐	成都	復興書局
本年	一顆永恒的星	中	王藍	重慶	紅藍出版社
本年	寂寞	短	羅蓀	重慶	美學出版社
本年	杉寮村	中	易鞏	桂林	大地圖書公司
本年	新水滸	長	谷斯範	桂林	文化供應社
本年	無名英雄傳	長	馬寧	桂林	文化供應社
本年	香島雲烟	長	馬寧	桂林	文化供應社
本年	英雄	短	荃麟	桂林	文化供應社
本年	年輕人	長	慈燈	新京	開明圖書公司
本年	三根紅線	長	萬國安		四社出版部

時間	書名		作者	出版地	出版者
本年	線上	長	曹原		大華印書局
本年	良田	中	雷妍(劉植蓮)		大華印書局
本年	鳳還巢	中	孫長虹		啓智書局

三十三年

時間	書名		作者	出版地	出版者
一月	現代中國小說選	短	茅盾等	上海	自強書局
一月	奇遇(增訂本)	短	司馬文森	桂林	上海雜誌公司
二月	海河汩汩流	長	王余杞	重慶	建中出版社
二月	奔赴祖國	長	白爾	重慶	獨立出版社
二月	東平短篇小說集	短	丘東平	桂林	南天出版社
三月	一個人的煩惱	長	嚴文井	重慶	當今出版社
三月	聲價	長	陳瘦竹	重慶	國民圖書出版社
三月	貧血集	短	老舍	重慶	文聿出版社
三月	金英	短	劉白羽	重慶	東方書社
三月	肥沃的土地	長	碧野	桂林	三戶圖書社
三月	我在霞村的時候	短	丁玲	桂林	遠方書店
三月	家鴿	短	王西彥	桂林	文學書店
四月	魯迅短篇集	短	魯迅	上海	藝光出版社
四月	秋初	短	關永吉	北平	新民印書館
四月	兼差	短	高深	北平	新民印書館

四月	落花時節	短	聞國新	北平	新民印書館
四月	腐草	魯	魯莽	四川	中國文化服務社四川分社
四月	白珊的淚		路丁	西安	建新書店
四月	小坡的生日	長	老舍	重慶	作家書屋
四月	遙遠的愛	中	郁茹	重慶	自強出版社
四月	春暖花開的時候（第一分册）	長	姚雪垠	重慶	現代出版社
四月	小城風波	短	沙汀	重慶	東方書社
四月	遙遠的愛	中	郁茹	重慶	自強出版社
四月	大江	長	端木蕻良	桂林	良友復興圖書公司
五月	春暖花開的時候（第二分册）	長	姚雪垠	重慶	現代出版社
五月	奇異的旅程（一名：闖關）	中	沙汀	重慶	當今出版社
五月	秋收	短	艾蕪	重慶	讀書出版社
五月	姜步畏家史（第一部：幼年）	長	駱賓基	桂林	三戶圖書社
六月	豐年	短	山丁（梁丙漢）	北平	新民印書館
六月	白馬的騎者	短	雷妍	北平	新民印書館
六月	一個倔強的人	中	駱賓基	永安	東南出版社
六月	風砂之戀	長	碧野	重慶	羣益出版社
六月	寂寞	短	羅蓀	重慶	美學出版社
七月	結婚十年	長	蘇青	上海	天地出版社
七月	地層	長	田濤	重慶	東方書社
七月	鳳	短	趙清閣	重慶	自力書店
八月	森林的寂寞	短	袁犀	北平	華北作家協會

九月	傳奇	短	張愛玲	上海	上海雜誌社
九月	春暖花開的時候（第三分册）	長	姚雪垠	重慶	現代出版社
九月	沒有結局的故事	中	王維鎬	重慶	自強出版社
九月	新中國幼苗的成長	短	陳紀瀅	重慶	建中出版社
九月	青城山上	短	王治秋	重慶	商務印書館
十月	林家舖子	短	茅盾	延安	印工合作社
十月	豐收	短	葉紫等	延安	印工合作社
十月	銀町	長	王藍	重慶	紅藍出版社
十月	憩園	長	巴金	重慶	文化生活出版社
十月	上海廿四小時	中	艾明之	重慶	自強出版社
十月	島上落霞	短	列躬射	重慶	國民圖書出版社
十一月	蟹	短	梅娘	北平	華北作家協會
十一月	野火	長	魯彥	重慶	獨立出版社
十一月	雛鶯	長	丁易	重慶	羣益出版部
十一月	白莎哀史（上下册）	長	列躬射	重慶	進文書店
十二月	北極風情畫	中	無名氏	西安	無名書屋
十二月	衆神	短	靳以	重慶	文化生活出版社
本年	舊京新潮	長	田蘊瑾	上海	錦社
本年	二舅	長	秦瘦鷗	上海	太平書局
本年	豐年	短	小丁	上海	太平書局
本年	離鄉集	短	戈壁	上海	太平書局

三十四年

本年	父與子	短	趙蔭棠	上海	太平書局
本年	當代女作家小說選	短	譚正璧編	上海	太平書局
本年	面紗	長	袁犀	北平	新民印書館
本年	土	長	沙里	北平	新民印書館
本年	春滿園	中	謝人堡	北平	馬德增書店
本年	月夜三重奏	中	謝人堡	北平	馬德增書店
本年	大風暴	長	何陽	南平	國民出版社
本年	我們是戲劇的鐵軍	長	周彥	重慶	新生圖書文具公司
本年	珂蘿佐女郎	中	張秀亞	重慶	紅藍出版社
本年	鬼城記	短	王藍	重慶	紅藍出版社
本年	水沫集	短	陳瘦竹	重慶	華中圖書公司
本年	四月的紫堇花	短	陸印泉	重慶	商務印書館
本年	婚變		雷石榆	昆明	崇文印書館
本年	幼年	長	駱賓基	桂林	三戶圖書社
本年	秋海棠	長	秦瘦鷗		東方書店
本年	痴情鴦侶	長	劉志剛		東亞書局
本年	寒山夜雨	中	謝人堡		勵行出版社
本年	鬼影	短	羅洪		點滴出版社
本年	甘薯皮	短	胡明樹		

時間	書名		作者	出版地	出版者
一月	八人集	短	林微音等	上海	詩領土社
一月	長河	長	沈從文	昆明	文聚社
一月	少女懺悔錄	短	拓荒	重慶	集中出版社
二月	鬻兒記	短	徐仲年	重慶	大道出版社
二月	大時代中的小人物	短	司馬文森	重慶	上海雜誌公司
三月	青春的祝福	短	路翎	重慶	南天出版社
三月	委屈	短	茅盾	重慶	建國書店
三月	孟祥英翻身	短	趙樹理	華北	新華書店
四月	村野戀人	長	王西彥	上海	良友復興圖書印刷公司
四月	蠢貨	短	張天翼	上海	文化出版社
四月	夾竹桃	短	江流（鍾理和）	北平	馬德增書店
四月	第一階段的故事	長	茅盾	重慶	亞洲圖書社
四月	火葬	長	老舍	重慶	黃河書局
四月	人的希望	長	司馬文森	重慶	聯益出版社
四月	火葬	長	老舍	重慶	黃河書局
五月	塔裏的女人	中	無名氏	西安	無名書屋
五月	困獸記	長	沙汀	重慶	新地出版社
五月	月上柳梢	長	趙清閣	重慶	黃河書局
五月	童年的故事	短	艾蕪	重慶	建國書局
六月	風網船	短	關永吉	北平	華北作家協會

六月	影	長	趙蔭棠	北平	華北作家協會
六月	一雙鞋子	短	王西彥	永安	改進出版社
六月	牛天賜傳	長	老舍	重慶	文聿出版社
七月	新紅A字	長	張資平	上海	知行出社版
七月	火（第三部）（一名：田惠世）	長	巴金	上海	開明書店
七月	酒家（增訂版）	短	蹇先艾	重慶	萬光書局
八月	夫婦們		雷石榆	永安	立達書店
八月	財主底兒女們（第一卷）	長	路翎	重慶	南天出版社
八月	灘	長	宋霖	重慶	開明書局
八月	賽會	短	茅盾	重慶	開明書店
八月	鍛鍊	短	艾蕪	重慶	華美書店
八月	名家新作選集	短	茅盾等	南京	讀書出社版
本年	濤	中	蘇青	上海	天地出版社
本年	飲食男女		蘇青	上海	天地出版社
本年	紅玫瑰	短	張愛玲	北平	沙漠書店
本年	嫂夫人	長	林鳳	北平	沙漠書店
本年	老字號	短	老舍	北平	盛京書店
本年	土	長	沙里	北平	新民印書館
本年	時間	短	袁犀	北平	文昌書店
本年	少年夫婦	短	易鞏	永安	改進出版社

本年	十年	短	蔣牧良	長沙	求知書店
本年	煩惱的年代	中	豐村	重慶	駱駝社

二、散文

二十六年

時間	書名	作者	出版地	出版者
七月	歐風美雨	林語堂、老舍等	上海	宇宙風社
七月	蘇聯見聞	于炳然、戈寶權等	上海	宇宙風社
七月	不驚人集	徐懋庸	上海	千秋出版社
七月	且介亭雜文	魯迅	上海	三閒書屋
七月	且介亭雜文二集	魯迅	上海	三閒書屋
七月	且介亭雜文末編	魯迅	上海	三閒書屋
七月	給文學青年	王夢野等	上海	通俗文化社
七月	塞上行	長江	上海	大公報館
八月	蘆溝橋之戰	長江等	上海	上海雜誌公司
八月	日記新作	趙景深編	上海	北新書局
八月	沫若近著	郭沫若	上海	北新書局
八月	無妻之累	許欽文	上海	宇宙風社
八月	落日	蕭乾	上海	良友圖書印刷公司

九月	抗戰與覺悟	郭沫若	上海	抗戰出版社
十月	抗戰與覺悟	郭沫若	上海	大時代出版社
十月	西線的血戰（第一輯）	長江等	上海	上海雜誌公司
十月	魯迅與抗日戰爭	巴金等	廣州	戰時出版社
十一月	控訴	巴金	上海	烽火社
十一月	日本的逆流	碧泉	上海	大時代出版社
十一月	日本的悲劇	夏衍	上海	大時代出版社
十一月	西線風雲	長江、秋江等	上海	大公報館
十一月	秋心集	朱企霞	上海	北新書局
十一月	前線抗敵將領訪問記	田漢等	上海	前進出版社
十一月	二萬五千里長征記——從江西到陝北	朱笠夫編	上海	抗戰出版社
十一月	軍中隨筆	謝冰瑩	上海	抗戰出版社
十一月	在轟炸中來去	郭沫若	上海	抗戰出版社
十二月	前線抗敵將領訪問記	田漢、冰瑩等	上海	北新書局
十二月	西線血戰史	長江等	上海	抗戰文學會
十二月	西北線	長江等	漢口	星星出版社
十二月	出獄前後	章乃器	漢口	上海雜誌公司
本年	湖南的風	謝冰瑩	上海	北新書局
本年	戰時散文選	茅盾等	廣州	戰時出版社
本年	戰地歸來	田漢等	廣州	戰時出版社

二十七年

時間	書名	作者	出版地	出版者
一月	全面抗戰的認識	郭沫若	廣州	北新書局
一月	怒吼之中國	陳恩成	廣州	中山日報社
一月	顯微鏡下的日本	周傑編	漢口	星星出版社
一月	東戰場上的火花	陳達人	漢口	上海雜誌公司
一月	淪亡的平津長江	小方等	漢口	生活書店
一月	西線風雲	長江編	漢口	掃蕩報
一月	西線風雲（增訂本）	長江編	漢口	自刊
一月	淪亡的平津	長江等	漢口	生活書店
一月	今日的廈門	趙家欣		
二月	生活在延安	魯平編	西安	新華書社
二月	前線歸來	郭沫若	漢口	星星出版社
二月	瞻回東戰場	長江、羅平等	漢口	生活書店
二月	淞滬火線上	胡蘭畦等	漢口	生活書店
二月	在火線上	冰瑩	漢口	生活書店
二月	津浦線抗戰記	海萍	漢口	華中圖書公司
二月	生活在空袋中	殷作楨	廣州	中山日報社
三月	竹刀	陸蠡	上海	文化生活出版社
三月	血寫的故事	夏衍	上海	黎明書局
三月	今日之上海	夏衍等	漢口	現實出版社

三月	抗戰中的西北	徐　盈	漢口	生活書店
三月	從蘆溝橋到漳河	長江等	漢口	生活書店
三月	東北記痛	史天行編	漢口	華中圖書公司
三月	淪陷后的上海	史天行	漢口	華中圖書公司
三月	八路軍七將領	劉白羽、王余杞	廣州	上海雜誌公司
三月	兩個俘虜	天　虛	廣州	上海雜誌公司
四月	前線抗戰將領訪問記	郭沫若等	長沙	抗日救國社
四月	遊擊中間	劉白羽	廣州	上海雜誌公司
四月	包身工	夏　衍	廣州	離騷出版社
四月	陰明堡底火戰	奚　谷	廣州	上海雜誌公司
五月	長江戰地通訊專集	梅英編	重慶	開明書店
五月	津浦北線血戰記	臧克家	漢口	生活書店
五月	魯閩風雲	徐盈等	漢口	生活書店
五月	北方的原野	碧　野	漢口	上海雜誌公司
五月	黃河北岸	田　濤	漢口	上海雜誌公司
五月	太行山邊	碧　野	漢口	大衆出版社
五月	偉大的魯迅	蕭三等	廣州	戰時出版社
六月	煙臺烽火	梅　林	漢口	上海雜誌公司
六月	中華女兒	張　周	漢口	上海雜誌公司
六月	軍民之間	李輝英	漢口	上海雜誌公司
六月	戰地書簡	姚雪垠	漢口	上海雜誌公司
六月	在西戰場	張慶泰	漢口	上海雜誌公司

六月	在湯陰火線	曾　克	漢口	上海雜誌公司
六月	征途上	張天虛	漢口	上海雜誌公司
六月	戰地日記	立　波	漢口	上海雜誌公司
六月	晉察冀邊區印象記	立　波	漢口	讀書生活出版社
七月	激變	鄒韜奮	上海	生活書店
七月	北平一顧	陶亢德編	上海	宇宙風社
七月	蠹魚集	蘇雪林	長沙	商務印書館
七月	青鳥集	蘇雪林	長沙	商務印書館
七月	新從軍日記	謝冰瑩	漢口	天馬書店
七月	魯北煙塵	石　光	漢口	上海雜誌公司
八月	在祖國的原野上	須旅編	廣州	讀書生活出版社
九月	感慨過金陵	長江、羅人偉等	上海	大文出版社
九月	夢與醉	巴　金	上海	開明書店
九月	炮火中流亡記	盧冀野	重慶	藝文研究會
十日	戰地剪集	田　濤	重慶	藝文研究會
十月	江南前線	朱民威	重慶	藝文研究會
十月	日本在泥淖中	郭沫若等	重慶	獨立出版社
十一月	江湖集	蘆　焚	上海	開明書店
十一月	邊鼓集	文載道等	上海	英商文化有限公司
十一月	側面（第一部：我留臨汾）	蕭　軍	成都	跋涉書店
十一月	傀儡集	孟錦華編		戰時教育文化事業委員會
十二月	衡哲散文集（上下冊）	陳衡哲	上海	開明書店

時間	書名	作者	出版地	出版者
十二月	再勵集	鄒韜奮	漢口	生活書店
本年	老副末談劇（第一輯）	張乙盧	上海	戰學書局
本年	戰時散文選	茅盾等	廣州	戰時出版社
本年	北運河上	李輝英	漢口	大衆出版社
本年	在北線	碧野	漢口	海燕出版社
本年	曹樹銘文存	曹樹銘	漢口	武漢日報社
本年	戰士的手記	喻延齡等	漢口	自強出版社

二十八年

時間	書名	作者	出版地	出版者
二月	希伯先生	李健吾	上海	文化生活出版社
二月	遊痕	王統照	上海	文化生活出版社
三月	天神之國	公論社編	上海	譯報圖書部
三月	劍腥集	鷹隼（阿英）	上海	風雨書屋
三月	一年	丁玲	重慶	生活書店
四月	藏暉室劄記（四册）	胡適	上海	亞東圖書館
四月	旅途隨筆	巴金	上海	開明書店
四月	沸騰的夢	楊剛	上海	美商好華圖書公司
四月	沙坪集	徐仲年	重慶	正中書局
四月	華北的歌	趙清閣	重慶	獨立出版社
四月	炮火的洗禮	茅盾	重慶	烽火社

四月	潼關之夜	楊朔	重慶	烽火社
四月	旅途通訊（上下册）	巴金	桂林	文化生活出版社
四月	宜渝道上	周俊元	漢口	華中圖書公司
五月	歐遊散記	王統照	上海	開明書店
五月	生的意志	朱洙	上海	文化生活出版社
五月	雀蓑記	李廣田	上海	文化生活出版社
五月	灰燼	蕭乾	上海	文化生活出版社
五月	亂莠集	臧克家	上海	良友復興圖書印刷公司
五月	第一年代（續編）	劉白羽等著 野風等編	香港	未名書店
五月	火網裏	丁玲等		「滬江出版社」
六月	戰士底手	謝冰瑩	重慶	獨立出版社
七月	繁辭集	容廬（王統照）	上海	世界書局
七月	橫眉集	孔另境、王任叔 等	上海	世界書局
七月	捫蝨談	巴人（王任叔）	上海	世界書局
七月	望春草	柯靈	上海	珠林書店
七月	感想	巴金	重慶	烽火社
七月	一年	丁玲		華僑書報流通社
八月	還鄉日記	何其芳	上海	良友復興圖書印刷公司
八月	湘西（一名：沅水流域識小錄）	沈從文	長沙	商務印書館

八月	西南印象	趙君豪		中國旅行社
九月	廢墟集	繆崇羣	上海	文化生活出版社
九月	昆明冬景	沈從文	上海	文化生活出版社
九月	春韮集	徐訏	上海	宇宙風社
九月	清明集	周黎庵	上海	宇宙風社
九月	見聞	蕭乾	重慶	烽火社
十月	黑土	巴金	上海	文化生活出版社
十月	看人集	蘆焚	上海	開明書店
十月	隨棘行	臧克家	桂林	前線出版社
十月	四月交響曲	姚雪垠	桂林	前線出版社
十二月	淺見集	韓侍桁	昆明	中華書局
十二月	西北遊擊戰	何其芳等	香港	大公報館
本年	海外的情調	徐訏	上海	宇宙風社
本年	海外的鱗爪	徐訏	上海	宇宙風社
本年	金的故事	（田）一文	重慶	烽火社
本年	游擊中間	劉白羽	上海	雜誌公司

二十九年

一月	回憶魯迅及其他	郁達夫等	上海	宇宙風社
一月	西流集	徐訏	上海	夜窗書局
一月	勝利的曙光	黎烈文	重慶	烽火社

二月	吳鉤集	周黎庵	上海	宇宙風社
二月	秉燭談	周作人	上海	北新書局
二月	偷閒小品	馬國亮	上海	良友復興圖書公司
二月	陳迹	黃仲蘇	昆明	中華書局
二月	我們十四個（日記）	白朗	重慶	上海雜誌公司
三月	霧及其他	靳以	上海	文化生活出版社
三月	貝殼	莊瑞源	上海	文化生活出版社
三月	畫夢錄	畢樹棠	上海	宇宙風社
三月	火花	李輝英	長沙	商務印書館
四月	姑妄言之	何容等	上海	宇宙風社
四月	投影集	唐弢	上海	文化生活出版社
四月	歸來	許幸之	上海	文化生活出版社
四月	懷祖國	吳天	上海	文藝新潮社
四月	火花	靳以	重慶	烽火社
五月	華髮集	周黎庵	上海	宇宙風社
五月	粵北散記	司馬文森	昆明	大路出版公司
五月	櫻花與梅雨	劉思慕	重慶	大時代書局
六月	流浪的一年	羅洪	上海	宇宙風社
六月	抒憤集	洪波	上海	新地書店
六月	靑弋江	何爲	上海	文藝新潮社
六月	蕭紅散文	蕭紅	重慶	大時代書局
七月	百花洲畔	朱雯	上海	宇宙風社

七月	夏蟲集	繆崇羣	上海	文化生活出版社
七月	回憶魯迅先生	蕭紅、許壽裳等	重慶	婦女生活出版社
七月	一個英雄的經歷	司馬文森	重慶	生活書店
七月	延安訪問記	陳學昭	重慶	北極書店
八月	囚綠記	陸蠡	上海	文化生活出版社
八月	西星集	柳存仁	上海	宇宙風社
八月	新疆鳥瞰	陳紀瀅	長沙	商務印書館
八月	生活、思索與學習	巴人	香港	高山書店
八月	破戒草	宋雲彬	桂林	文化供應社
九月	爲了祖國的成長	羅洪	重慶	烽火社
十月	雜草集	艾蕪	永安	改進出版社
十月	魯迅論文選集（二册）	魯迅	延安	
十月	生長在戰鬥中	以羣	重慶	中國文化服務社
十月	閒話	陶菊隱	昆明	中華書局
十月	魯迅語錄	宋雲彬編	桂林	文化供應社
十一月	隨軍散記	沙汀	上海	知識出版社
十一月	市樓獨唱	柯靈	上海	北社
十一月	大別山荒僻的一角	田濤	長沙	商務印書館
十二月	短長書	唐弢	上海	北社
十二月	消長集	周木齋	上海	北社

十二月	浪淘沙	列車（陸象賢）	上海	北社
十二月	甘美的回味	豐子愷	上海	開華書局
十二月	鬧北七十三天	S•M（亦門）	香港	海燕書店
本年	牧之隨筆	袁牧之	上海	微明出版社
本年	閒話上海	馬健行	上海	國光書店
本年	成人的童話	徐訏	上海	夜窗書屋
本年	在日本獄中	謝冰瑩	上海	遠東圖書公司
本年	第七七二團在太行山一帶	卞之琳	昆明	明日社
本年	山谷野店	李輝英	重慶	獨立出版社
本年	文藝漫筆	羅蓀	重慶	讀書生活出版社
本年	西線生活	西北戰地服務團	香港	生活書店
本年	突圍記	孫陵	桂林	前線出版社

三十年

時間	書名	作者	出版地	出版者
一月	屠龍集	蘇雪林	長沙	商務印書館
一月	披荊集	林語堂	香港	光華出版社
一月	行素素	林語堂	香港	光華出版社
一月	海與夢	劉漾然	漢口	大楚報社
二月	小品文講話	石葦	上海	光明書局
二月	記敍文講話	石葦	上海	光明書局

二月	側面（第二部：從臨汾到延安）	蕭軍	香港	海燕書店
三月	林語堂代表作	林語堂	上海	三通書局
三月	我的中學時代	茅盾等著兪荻編	上海	文化圖書公司
三月	落叶集	蕭艾	北京	中華圖書文具社
三月	勞薪輯	唐弢	永安	改進出版社
四月	魯迅語錄	舒士心編	上海	激流書店
五月	羽書	吳伯簫	上海	文化生活出版社
五月	上海手札	蘆焚	上海	文化生活出版社
五月	藥堂語錄	周作人	天津	庸報社
五月	新疆鳥瞰（增訂版）	陳紀瀅	重慶	建中出版社
五月	此時此地集	夏衍	桂林	文獻出版社
六月	語堂文存（第一册）	林語堂	上海	林氏出版社
六月	有不爲齋文集	林語堂	上海	人文書店
六月	星屋小文	文載道	上海	文化生活出版社
六月	西行散記	白朗	長沙	商務印書館
六月	歷史的奧秘	紺弩	桂林	文獻出版社
六月	無題	巴金	桂林	文化生活出版社
六月	大題小解	茅盾等	桂林	科學書店
七月	三鄉島祭	莊瑞源	上海	文藝新潮社
七月	向天野	（田）一文	重慶	烽火社
七月	感覺的音響	秦似	桂林	文獻出版社

八月	燭虛	沈從文	上海	文化生活出版社
八月	抗戰以來	鄒韜奮	上海	韜奮出版社
八月	蛇與塔	聶紺弩	桂林	文獻出版社
八月	屈　原	梁宗岱	桂林	華胥社
九月	晦明	柯　靈	上海	文化生活出版社
九月	離散集	蹇先艾	桂林	今日文藝社
九月	冒煙集	何家槐	桂林	文獻出版社
九月	過　客	司馬文森	桂林	文獻出版社
十月	緬邊日記	曾昭掄	上海	文化生活出版社
十月	子愷近作散文集	豐子愷	成都	普益圖書館
十月	長夜集	孟　超	桂林	文獻出版社
十月	魯迅論文選集（二冊）	魯　迅	華北	新華日報華北分館
十一月	廢墟上的花朵	鳳　子	長沙	商務印書館
十一月	一段旅程	王西彥	桂林	石火出版社
十一月	羽書集	郭沫若	香港	孟夏書店
十二月	寫在人生邊上	錢鍾書	上海	開明書店
十二月	信	方令孺	上海	文化生活出版社
十二月	龍、虎、狗	巴　金	上海	文化生活出版社
本年	高樓雜寫	林涵之	上海	作家出版社
本年	驚蟄集	江上風	上海	作家出版社
本年	春韮集	徐　訏	上海	夜窗書屋
本年	柱宇談話集	王柱宇	天津	天津書局

時間	書名	作者	出版地	出版者
本年	抗戰文選集	謝冰瑩	西安	建國出版社
本年	南戰場之旅	楊紀	長沙	商務印書館
本年	朝話	梁漱溟	長沙	商務印書館
本年	蘇北歸鴻	高辛廬	重慶	勝利出版社
本年	一個女性的奮鬥（英漢對照）	謝冰瑩	香港	世界文化出版社
本年	窗	樓棲	桂林	山城出版社
本年	旺草散文集	旺草		正報社
本年	交響	林淡秋		

三十一年

時間	書名	作者	出版地	出版者
一月	上海衆生相	徐遲等	上海	新中國報社
一月	石屏隨筆	繆崇群	重慶	文化生活出版社
一月	崇高的憂鬱	林林	桂林	文獻出版社
二月	鄉談集	蹇先艾	貴陽	文通書局
三月	藥味集	周作人	北平	新民印書館
三月	香港之戰	華嘉	重慶	文林出版社
三月	新人生觀	羅家倫	重慶	商務印書館
三月	圈外	李廣田	重慶	國民圖書出版社
三月	窄門集	巴人	桂林	海燕出版社
四月	魯迅先生二三事	孫伏園	重慶	作家書屋
五月	舊遊新感	鄒魯	重慶	國民圖書出版社

五月	長年短輯	歐陽凡海	桂林	文獻出版社
五月	一年集	流金	重慶	烽火社
六月	廢園外	巴金	重慶	烽火社
六月	M站	姚雪垠	桂林	文學編譯社
六月	登廂集	老舍等	榆林	塞風社
七月	且介亭雜文末編	魯迅	重慶	峨嵋出版社
七月	最後的旗幟	羅蓀	重慶	當今出版社
八月	紅燭	靳以	重慶	文化生活出版社
八月	眷眷草	繆崇羣	重慶	文化生活出版社
八月	江之歌	靳以等	桂林	新生出版社
九月	骨鯁集	雲彬	桂林	文獻出版社
九月	中國作家與魯迅	茅盾等	桂林	學習出版社
九月	流星	荊有麟	桂林	文獻出版社
九月	轉形	司馬文森	桂林	文獻出版社
九月	徭山散記	唐兆民	桂林	文化供應社
九月	少年書信	宗明	桂林	眞實書店
十一月	早醒記	聶紺弩	桂林	遠方書店
十二月	藏邊采風記	葛赤峯	重慶	商務印書館
本年	寫給青年作家的信	謝冰瑩	西安	大東書局
本年	前線去來	唐紹華	重慶	獨立出版社
本年	蹉跎集	丁丁	南京	建國書店
本年	時戀果	秦似	桂林	春草書店

本年	小雨點	羅蓀	桂林	野草出版社
本年	閒事閒談	歐陽予倩	桂林	中國文化服務社廣西分社
本年	薦準集	紀子培	湖北	湖北書店

三十二年

一月	在日本獄中	謝冰瑩	西安	華北新聞社出版社
一月	偉大的西北	蔣經國	重慶	天地出版社
一月	當代名文選	朱惺公等著	桂林	地方出版社
		巴人編		
一月	且介亭雜文二集	魯迅	重慶	峨嵋出版社
二月	邊風錄	巴人	重慶	讀書出版社
二月	野草	魯迅	重慶	作家書屋
二月	白楊禮讚	茅盾	桂林	柔草社
二月	雲南看雲集	沈從文	重慶	國民圖書出版社
二月	希臘漫話	羅念生	重慶	中國青年服務社
二月	情虛集	田仲濟	重慶	東方書社
二月	未偃草	孟超	桂林	集美書店
二月	還鄉記	何其芳	桂林	工作社
三月	我與文學及其他	朱光潛	重慶	開明書店
三月	圈外	李廣田	重慶	中國文化服務社
三月	殘灰集	列躬射	重慶	南方印書館

四月	倫敦雜記	朱自清	成都	開明書店
四月	西北剪影	周開慶	成都	中西書局
四月	見聞雜記	茅盾	桂林	文光書店
五月	談修養	朱光潛	重慶	中周出版社
五月	華蓋集	魯迅	重慶	作家書屋
五月	寄小讀者	冰心	桂林	開明書店
五月	蜀道散記	梁乙眞	重慶	商務印書館
五月	回聲	李廣田	桂林	春潮社
六月	小人小事	巴金	成都	文化生活出版社
六月	花邊文學	魯迅	重慶	峨嵋出版社
七月	短簡	巴金	桂林	良友復興圖書公司
七月	茅盾隨筆	茅盾	桂林	文人出版社
七月	冰心散文集	謝冰心	桂林	開明書店
七月	最後的旗幟	羅蓀	重慶	當今出版社
七月	黑雲暴雨到明霞	羅家倫	重慶	商務印書館
七月	小雨點	羅蓀	桂林	集美書店
八月	且介亭雜文	魯迅	重慶	峨嵋出版社
九月	山水	馮至	重慶	國民圖書出版社
九月	關於女人	男士（冰心）	重慶	天地出版社
九月	廢郵存底	沈從文、蕭乾	桂林	開明書店
十月	春韮集	徐訏	成都	東方書社
十月	今昔集	郭沫若	重慶	東方書社

時間	書名	作者	出版地	出版者
十月	烏樹小集	靳以	南平	國民出版社
十一月	人生與趣	曹孚	北培	光亭出版社
十一月	人世百圖	蘇麟（靳以）	南平	國民出版社
十一月	戰鬥的素繪（抗戰以來報告文學選集）	以羣編	重慶	作家書屋
十一月	懷土集	（田）一文	重慶	文化生活出版社
十一月	中原歸來	王德昭	重慶	獨立出版社
十二月	湘西散記	沈從文	上海	開明書店
十二月	蠹魚篇	周越然等	上海	古今出版社
十二月	西昌之行	魯儒林	重慶	商務印書館
本年	中國文學者日本印象記	中央電訊社出版委員會編	南京	中央電訊社出版

三十三年

時間	書名	作者	出版地	出版者
一月	藥堂雜文	周作人	北平	新民印書館
一月	藝術與人生	豐子愷	桂林	民友書店
二月	發微集	田仲濟	重慶	建中出版社
二月	重慶客	司馬訏	重慶	萬象週刊社
二月	灌木集	李廣田	桂林	開明書店
四月	浣錦集	蘇青	上海	天地出版社
四月	從華盛頓到重慶	老白（李慕白）	成都	中西書局

四月	湘西（一名：沅水流域識小錄）	沈從文	贛縣	開明書店
五月	書房一角	周作人	北平	新民印書館
五月	辰子說林	張慧劍	重慶	新民報社
五月	美麗的黑海	黃藥眠	桂林	文化供應社
六月	風土小記	文載道	上海	太平書局
六月	夜間相	田仲濟	重慶	明天出版社
七月	人和書	王楷元	重慶	新民報社
八月	歐遊之什	黃覺寺	上海	五洲書報社
九月	老舍幽默集	趙寬久編	大連	滿大書店
九月	秉燭後談	周作人	北平	新民印書館
九月	藏區苗區采風記	赤峯、胡慶鈞	重慶	中國出版社
九月	朝花夕拾	魯迅	重慶	作家書屋
十一月	苦口甘口	周作人	上海	太平書局
十一月	文抄	文載道	北平	新民印書館
十一月	蜀道難	羅莘田	重慶	獨立出版社
十一月	延安一月	趙超構	重慶	新民報社
十一月	鄉風與市風	馮雪峰	重慶	作家書屋
本年	重慶襍譚	錢士	上海	文通書局
本年	第三條路	何心	上海	作家出版社
本年	兩都集	紀果庵	上海	太平書局
本年	懷鄉記	柳雨生（存仁）	上海	太平書局

時間	書名	作者	出版地	出版者
本年	牛骨集	陶晶孫	上海	太平書局
本年	夜珠集	譚正璧	上海	太平書局
本年	書書書	周越然	上海	太平書局
本年	遠人集	林榕	北平	新民印書館
本年	西流集	徐訏	成都	東方書社
本年	海外的鱗爪	徐訏	成都	東方書社
本年	太行山上	王藍	重慶	紅藍出版社
本年	生命的頌歌	姜蘊剛	重慶	商務印書館
本年	文化教育與青年	羅家倫	重慶	商務印書館
本年	西北東南風	大華烈士	桂林	良友復興圖書公司
本年	魔鬼吞下了炸彈	夏雷（陳伯吹）	桂林	北新書局
本年	沉吟	聶紺弩	桂林	文化供應社
本年	香島雲	馬甯	桂林	文化供應社
本年	海的遙望	華嘉	桂林	文獻出版社
本年	津津小品	楊石藩		自刊

三十四年

時間	書名	作者	出版地	出版者
一月	流言	張愛玲	上海	街燈書報社
一月	方生未死之間	于潮等	永安	東南出版社
一月	西川集	葉聖陶	重慶	文光書店
二月	重慶旁觀者	司馬訏	重慶	亞洲圖書社

時間	書名	作者	出版地	出版者
三月	諾爾曼·白求恩斷片	周而復		
四月	行年四十	袁昌英	重慶	商務印書館
六月	參差集	鄭伯奇	西安	大陸圖書雜誌出版公司
七月	浮浪繪	楊樺	上海	知行出版社
七月	時間的紀錄	茅盾	重慶	良友復興圖書印刷公司
八月	立春以前	周作人	上海	太平書局
八月	夜譚拔萃	張慧劍	重慶	新民報社
本年	八年流離記	張若虛	上海	兒童書局
本年	濤	蘇青	上海	天地出版社
本年	蟬蛻集	蘇雪林	重慶	商務印書館
本年	憧憬集	程錚	重慶	商務印書館
本年	春天！春天！	馬國亮	桂林	良友復興圖書
本年	西行紀	華嘉	重慶	
本年	騮驊集	馬驪		中國公論社

年代未詳

時間	書名	作者	出版地	出版者
	前夜	雷寧	上海	言行社
	悲劇及其他	楚圖南	昆明	自力書店
	旋磨蟻	徐仲年	重慶	正風出版社
	從上海到重慶	徐蔚南	重慶	獨立出版社

時間	書名	作者	出版地	出版者
	荷戈集	楚圖南	貴陽	文通書局
	刁斗集	楚圖南	貴陽	文通書局
	旅塵餘記	楚圖南	貴陽	文通書局
	文藝、批評與人生	許傑		戰地圖書公司
	海的遙望	華嘉	桂林	
	懷祖國	吳天		
	暖流	柯靈		
	遙夜集	柯靈		

三、新詩（新詩類）

二十六年

時間	書名	作者	出版地	出版者
七月	火災的城	路易士	上海	新詩社
七月	綠	玲君	上海	新詩社
七月	石像辭	南星	上海	新詩社
七月	愛的三部曲（長詩）	曾今可	上海	千秋出版社
七月	流亡者之歌	穆木天	上海	樂華出版社
八月	三千萬	洛沙	上海	通俗詩歌社
八月	開拓者	高寒等	上海	詩歌叢刊社
十月	戰號	鄭振鐸	上海	生活書店

十一月	戰　歌	蕭劍青	上　海	青年作家協會
十一月	抗戰三部曲	蒲　風	廣　州	詩歌出版社
十二月	戰時後方歌詠	周鋼鳴	上　海	黎明書局
本　年	爲煽動第二次世界大戰而歌	路易士	上　海	詩人社
本　年	搖籃歌	蒲　風	廣　州	詩歌出版社
本　年	可憐蟲（長詩）	蒲　風	廣　州	詩歌出版社
本　年	無花的春天	柳　倩	廣　州	中國詩歌社
本　年	桑　野	蘆　荻	廣　州	詩場社
本　年	紅　河	黃　魯	廣　州	詩場社
本　年	國際縱隊	雷石榆	廣　州	中國詩歌出版社
本　年	戰時詩歌選	馮玉祥等	廣　州	戰時出版社
本　年	咆　哮	素　庵		引擎出版社

二十七年

時間	書名	作者	出版地	出版者
一　月	戰　聲	郭沫若	廣　州	戰時出版社
一　月	眞理的光澤（明信片詩）	蒲　風	廣　州	詩歌出版社
一　月	街頭詩選	蒲風編	廣　州	詩歌出版社
二　月	高蘭朗誦詩集	高　蘭	漢　口	大路書店
二　月	黑陋的角落裏（諷刺詩集）	蒲　風	廣　州	詩歌出版社
二　月	抗戰詩選	郭沫若	廣　州	戰時文化出版社

三月	抗戰詩歌集	馮玉祥	漢口	三戶圖書社
四月	向太陽	艾青	漢口	海燕出版社
四月	橫吹集	王健先(王統照)	廣州	烽火社
四月	大地的火	連城		廈門詩歌會
五月	在天門(戰線後方的一角落)	鄒荻帆	廣州	烽火社
六月	北國招魂曲(長詩)	梅英	四川	民新書店
六月	從軍行(抗戰詩集)	臧克家	漢口	生活書店
六月	牽牛花	華鈴		兄弟圖書雜誌公司
七月	呈在大風砂裏奔走的崗衞們	田間	漢口	生活書店
八月	中國兵的畫像	王亞平	重慶	藝文研究會
九月	燕趙兒女	安娥	上海	生活書店
十月	在我們的旗幟下	蒲風	廣州	詩歌出版社
十一月	抗戰三部曲(國防詩歌集)	蒲風	廣州	詩歌出版社
本年	新的途程	穆木天	上海	文座出版社
本年	旗鼓集	馬君玠	貴陽	文通書局
本年	馮玉祥詩歌近作集	馮玉祥	漢口	三戶圖書社
本年	九月的太陽	黃寧嬰	廣州	詩歌出版社
本年	時代進行曲	零零	廣州	詩歌出版社
本年	總動員	雄子	廣州	詩歌出版社
本年	鐵蹄下的歌手	陳殘雲	廣州	詩歌出版社
本年	戰時詩歌選	馮玉祥等	廣州	戰時出版社

本年	1937.7.7—1938.1.1	雷石榆	廣州	中國詩歌出版社
本年	新生的中國	雷石榆	廣州	中國詩歌出版社
本年	馮玉祥抗戰詩歌選	馮玉祥	廣州	怒吼出版社
本年	夢痕歌集	雪茵	湖南	湘報社
本年	無何和平消息	羽力		畫人工作會出版社

二十八年

時間	書名	作者	出版地	出版者
三月	塵土集	鄒荻帆	上海	文化生活出版社
三月	泥淖集（抗戰詩集）	臧克家	重慶	生活書店
四月	祖國的血	王亞平	長沙	民衆書店
八月	大堰河	艾青	上海	文化生活出版社
八月	林肯·被壓迫民族救星	蒲風	廣州	詩歌出版社
九月	寶馬（長詩）	孫毓棠	上海	文化生活出版社
十一月	他死在第二次	艾青	重慶	上海雜誌公司
十一月	南行小草	李白鳳	重慶	獨立出版社
十二月	收穫期	常任俠	重慶	獨立出版社
十二月	取火者頌	蒲風	廣州	詩歌出版社
本年	愛雲的奇人	路易士	上海	詩人社
本年	煩哀的日子	路易士	上海	詩人社
本年	不朽的肖像	路易士	上海	詩人社

時間	書名	作者	出版地	出版者
本年	堡壘	張劍谿、樊祖鼎	青田	堡壘出版社
本年	西伯利亞的夢	劉行之	桂林	新知書店
本年	人民之歌	韓北屏	桂林	前線出版社
本年	最後的失敗	陳邇多	桂林	生活書店
本年	北方	艾青		自刊
本年	魯西北的太陽	蒲風	廣州	詩歌出版社
本年	兒童親衛隊（兒童詩）	蒲風	廣州	詩歌出版社
本年	創造者頌	蒲風	廣州	詩歌出版社
本年	馳驅集	蘆荻	廣州	詩場社
本年	漂泊之歌	劉嵐山	衡陽	
本年	朝鮮婦	胡明樹		詩羣社
本年	洞蕭怨	俞錫南		

二十九年

時間	書名	作者	出版地	出版者
二月	微波辭	絳燕	重慶	獨立出版社
三月	塵土集	鄒荻帆	上海	文化生活出版社
三月	麥地謠	林英強	上海	文藝新潮社
三月	自畫像	汪銘竹	重慶	獨立出版社
四月	江南曲	王統照	上海	文化生活出版社
四月	邊塞集	馬鈴梆	重慶	國民公報社

五月	金築集	呂亮耕	重慶	獨立出版社
五月	淮上吟（長詩二首）	臧克家	上海	上海雜誌公司
六月	未來的春	鍾敬文	上海	言行社
六月	平漢路工人破壞大隊的產生（長詩）	柯仲平	重慶	讀書生活出版社
六月	向太陽	艾　青	香港	海燕書店
六月	突圍令	莊　湧	香港	海燕書店
七月	我站在地球中央	楊　剛	上海	文化生活出版社
七月	三年	鍾鼎文	安徽	文化工作會
七月	嗚咽的雲煙	臧克家	桂林	創作出版社
八月	木廠（長篇敍事詩）	鄒荻帆	上海	文化生活出版社
九月	曠野	艾　青	重慶	生活書店
十月	夜之歌	焦惟思	重慶	長虹書店
十一月	紅薔薇	王亞平	長沙	商務印書館
本年	江	鄒荻帆	上海	文化生活出版社
本年	慰勞信集	卞之琳	昆明	明日社
本年	小春集	孫　望	重慶	獨立出版社
本年	花兒集	張亞維	重慶	青年書店
本年	邊區自衞軍（長詩）	柯仲平	重慶	讀書生活出版社
本年	狂飇	劉行之	桂林	三戶圖書社
本年	銀幕	林仁超	粵北	曉風出版社
本年	北望集	馬君玠		中國詩壇社

時間	書名	作者	出版地	出版者
本年	航	馬蔭隱		中國詩壇社
本年	祖國的吼聲	斯因		西部文藝社
本年	人民	袁水拍		新詩社
本年	難民船	胡明樹		

三十年

時間	書名	作者	出版地	出版者
一月	朗誦詩集	高蘭	長沙	商務印書館
一月	戰鬥之歌	林山		三聯書店
二月	抗戰詩歌選	魏冰心編	重慶	正中書局
四月	後方小唱	任鈞		上海雜誌公司
五月	黃昏星	錫金	上海	澤上社
六月	爲祖國而歌	胡風	上海	聯華書店
六月	火把	艾青	重慶	烽火社
六月	抗戰詩歌	馮玉祥	桂林	三戶圖書社　讀書出版社
六月	哀兒之歌	征凡		野風社
七月	我是初來的	胡風編	重慶	讀書出版社
八月	魯迅詩集（舊詩、新詩、譯詩）	奚名編	桂林	白虹書店
十月	最強音	徐遲	桂林	白虹書店
十一月	今之普羅蜜修士	嚴杰人	桂林	今日文藝社
本年	上元月	公孫嬿	北平	輔仁文苑社

本年	荒涼的山谷（長詩）	李雷	永安	改進出版社
本年	雪與村莊	鄒荻帆	重慶	文化生活出版社
本年	遠訊	蘆荻	桂林	象山出版社
本年	奔	影痕	曲江	
本年	浪子	影痕	曲江	
本年	飛紅巾之歌	影痕	曲江	
本年	在戰地裏	李升如		維新書局

三十一年

時間	書名	作者	出版地	出版者
一月	北方	艾青	重慶	文化生活出版社
一月	雨景	方敬	重慶	文化生活出版社
一月	哀西湖	杜蘅之	重慶	獨立出版社
二月	枷鎖與劍	詩墾地社編	重慶	讀書出版社
三月	魯迅詩集	奚名編	桂林	白虹書店
四月	春天——大地的誘惑	彭燕郊	桂林	詩創作社
四月	向祖國	臧克家	桂林	三戶圖書社
四月	濱岸	黎焚薰		詩歌與木刻社
五月	劍北篇（長詩）	老舍	重慶	大陸圖書公司
五月	春草集	王亞平等編	重慶	文林出版社
五月	十年詩草	卞之琳	桂林	明日社
五月	十四行集	馮至	桂林	明日社

七月	星的頌歌	李長之	重慶	獨立出版社
七月	死人復活的時候	胡風等	桂林	遠方書店
八月	旗	孫鈿	桂林	南天出版社
八月	無絃琴	S·M（亦門）	桂林	南天出版社
八月	禮物	蕭三等	桂林	文文出版社
九月	新的旅途	穆木天	重慶	文座出版社
十一月	聖女、戰馬、鎗（長詩）	王藍	重慶	紅藍出版社
十一月	平凡的夜話	方殷	重慶	商務印書館
十一月	青空與林	鄒荻帆	重慶	建國書店
十一月	泥濘集	孫藝秋	桂林	詩創作社
十一月	躍動的夜	冀汸	桂林	三戶圖書社
十一月	意志的賭徒	鄒荻帆	桂林	三戶圖書社
十二月	新的旅途	穆木天	重慶	文座出版社
十二月	古樹的花朵（一名：范築先）（長詩）	臧克家	重慶	東方書社
十二月	童話	綠原	桂林	三戶圖書社
本年	給愛花者	姚奔	永安	改進出版社
本年	烽火集	劉行之	立煌	中原書店
本年	現代中國詩選	孫望、常任俠	重慶	南方印書館
本年	小蠻牛	雷石榆	桂林	文化供應社
本年	冬天，冬天	袁水拍	桂林	遠方書店
本年	遠訊	蘆荻	桂林	象山出版社
本年	在珠江的西岸線上	丁平	桂林	

時間	書名	作者	出版地	出版者
本年	良心的存在	胡明樹		
本年	謝虎者及其家族	力揚		

三十二年

時間	書名	作者	出版地	出版者
二月	荔枝紅	黃寧嬰	桂林	詩創作社
三月	吳滿有（長詩）	艾青	河北	魯漢書店
四月	雪與村莊	鄒荻帆	成都	文化生活出版社
五月	爲勝利而歌	任鈞	重慶	國民圖書出版社
五月	黎明的通知	艾青	桂林	文化供應社
五月	倦鳥之歌	劉芳棣		火炬周刊社
六月	生活的謠曲	王亞平	重慶	未林出版社
六月	泥土的歌	臧克家	桂林	今日文藝社
七月	醒來的時候	魯藜	桂林	三戶圖書社
六月	火之歌	羅鐵鷹		戰歌出版社
八月	煤礦夫	孫望	重慶	正中書局
八月	風鈴集	程錚	重慶	獨立出版社
八月	北望集	馬君玠	桂林	開明書店
九月	冰心詩集	謝冰心	桂林	開明書店
九月	疾風	羅家倫	重慶	商務印書館
十月	我是初來的	胡風編	重慶	讀書出版社
十月	人間集	劉心皇	洛陽	人間出版社

時間	書名	作者	出版地	出版者
十一月	國旗飄在鴉雀尖	臧克家	成都	中西書店
十一月	感情的野馬	臧克家	重慶	當今出版社
十一月	冬天，冬天	袁水拍	桂林	遠方書店
十一月	給戰鬥者	田間	桂林	南天出版社
十二月	眞實之歌（荒野斷抒上卷）	馮雪峯	重慶	作家書屋
十二月	高蘭朗誦詩選（上下册）	高蘭	重慶	建中出版社
十二月	北方	艾青	桂林	南天出版社
本年	向日葵	袁水拍	重慶	美學出版社
本年	聲音	方敬	桂林	工作社
本年	鷗外詩集	鷗外鷗	桂林	新大地出版社
本年	反法西斯	艾青		華北書店

三十三年

時間	書名	作者	出版地	出版者
本年	默默的雪山（史詩）	臧雲遠	重慶	商務印書館
四月	水邊	廢名、開元	北平	新民印書館
四月	牧笛	高蘭等	重慶	拔提書店
四月	小白馬（兒童詩）	王亞平	重慶	建國書店
四月	紅燈	李滿紅	南平	國民出版社
四月	小白馬（兒童詩集）	王亞平	重慶	建國書店
五月	預言	天藍	桂林	南天出版社
五月	夜唱	燕軍編	廣東	萌芽社

時間	書名	作者	出版地	出版者
六月	雷	光未然	昆明	北門出版社
六月	鳳凰	郭沫若	重慶	明天出版社
八月	願春天早點來(「黎明的通知」改名)	艾青	桂林	詩藝社
九月	門	曾卓	昆明	詩文學社
九月	我底豎琴	力揚	昆明	詩文學社
九月	阿細人的歌(長詩)	光未然	昆明	北門出版社
九月	徐志摩詩選	李德予編	重慶	大華書局
十月	爐邊	臧雲遠	重慶	羣益出版社
十一月	雪裏鑽(長詩)	艾青	重慶	新羣出版社
十二月	十年詩選	臧克家	重慶	現代出版社
本年	出發	紀弦	上海	太平書局
本年	戰前中國新詩選	孫望編	成都	綠洲出版社
本年	青春的冒瀆	于歸	長春	益智書店
本年	河	荒牧	重慶	拔提書店
本年	紅色綠色的歌	煉虹	重慶	詩焦點社
本年	痛苦的十字	姚奔	重慶	詩墾地社
本年	西東集	陳嘯江		
本年	黎明鳥	臧克家		
本年	三盤鼓	薛誠之		

三十四年

時間	書名	作者	出版地	出版者
一月	探險隊	穆旦	昆明	文聚社

一月	阿細的先鷄（雲南夷族長詩）	光未然	昆明	北門出版社
一月	綠葉集	李蔚初		綠葉詩社
二月	預言	何其芳	重慶	文化生活出版社
二月	火霧	王亞平	重慶	春草詩社
四月	三十前集	路易士	上海	詩領土社
四月	星底夢	歌青春		詩歌叢刊社
五月	夜歌	何其芳	重慶	詩文學社
五月	生命的秋天	臧克家	重慶	建國書店
六月	民主的海洋	臧克家	重慶	世界編譯所
六月	星羣	王亞平等	重慶	世界編譯所
六月	荒原的聲音	索　開	重慶	詩草詩社
六月	獻給鄉村的詩	艾　青	昆明	北門出版社
本年	夏天	路易士	上海	詩領土社
本年	上海飄流曲	路易士	上海	詩領土社
本年	沉醉著的棲霞	羅　哲	上海	開明書店
本年	八年戰爭詩記	蕭覺天	上海	霞飛書屋
本年	木偶戲	郭　風	永安	改進出版社
本年	穆旦詩集	穆　旦	東北	自刊
本年	小春集	孫　望	重慶	獨立出版社
本年	無弦琴	蘇金傘	重慶	詩創作社
本年	人流在三千里（長詩）	姚敬生等	桂林	詩創作社
本年	延河戀歌	AM	桂林	詩創作社

四、劇本

二十六年

時間	書名	作者	出版地	出版者
七月	棄兒 劇集	章泯	上海	新演劇社
七月	走私 劇集	洪深	上海	一般書店
七月	巾幗英雄（歌劇）	朱雙雲	漢口	漢口市各界抗敵後援會
七月	臥薪嘗膽（歌劇）	朱雙雲	漢口	漢口市各界抗敵後援會
八月	原野 三幕	曹禺	上海	文化生活出版社
八月	瘋了的母親 獨幕	駱文宏	長沙	國立戲劇學校
八月	女兒報國 歌劇	張永銘	漢口	漢口市抗敵宣傳工作團
八月	文天祥殉國（歌劇）	龔嘯風	漢口	漢口市抗敵宣傳工作團
九月	百靈廟	鐵犁	西安	和記印書館
九月	紀念碑（歌劇）	鐵犁	西安	和記印書館
十月	羣鶯亂飛 四幕	阿英	上海	戲劇時代出版社
十月	青紗帳裏 三幕	歐陽予倩	上海	大時代出版社
十月	最後的勝利	熊德基	江西	江西省黨部
十月	民衆戲劇集（歌劇）	裘德煌	江西	江西教育廳
十月	小漢奸	薛大之	江蘇	江蘇各界抗敵後援會
十月	烙痕 劇集	宋之的	漢口	上海雜誌公司
十月	罪犯	宋之的	漢口	上海雜誌公司

十月	皇軍的偉績	劇集	尤兢（于伶）	漢口	上海雜誌公司
十月	浮屍		尤兢（于伶）	漢口	上海雜誌公司
十月	阿Q正傳	五幕	田漢	漢口	戲曲時代出版社
十一月	上海屋簷下	三幕	夏衍	上海	戲劇時代出版社
十一月	抗戰獨幕劇選	劇集	阿英編	上海	抗戰讀物出版社
十一月	戰時街頭劇選	劇集	廣東中山縣話劇協會編	中山	前鋒書店
十一月	後防	三幕	熊佛西	長沙	中華平民教育促進會
十一月	戰歌		楊村彬	長沙	中華平民教育促進會
十一月	電線桿子		周彥	長沙	中華平民教育促進會
十一月	蘆溝橋	劇集	胡紹軒	武昌	北新書局
十一月	金枝		羅永培	重慶	青年會國難工作委員會
十一月	長城月		羅永培	重慶	青年會國難工作委員會
十一月	最後的答案		羅永培	重慶	青年會國難工作委員會
十二月	桃花源	三幕	鷹隼（阿英）	上海	風雨書屋
十二月	黃埔江的怒潮		孫怒潮	成都	自印
十二月	流亡道上		孫怒潮	成都	自印
十二月	女戰月		孫怒潮	成都	自印
十二月	反正	獨幕	洗羣	長沙	國立戲劇學校
十二月	覺悟	獨幕	李慶華	長沙	國立戲劇學校
十二月	流亡者之歌	獨幕	谷劍塵	長沙	國立戲劇學校

十二月	拆橋	獨幕	謝重開	長沙	國立戲劇學校
十二月	炸藥	獨幕	王思曾	長沙	國立戲劇學校
十二月	殺敵報國	獨幕	張道藩	長沙	國立戲劇學校
十二月	香姐	獨幕	張逸生	長沙	國立戲劇學校
十二月	秘密文件		鄭延穀	長沙	抵抗社
十二月	失了祖國保護的人羣		張澤厚	重慶	星星報社
十二月	街頭戲劇集			貴州	全省抗敵後援會
十二月	抗戰報告劇	劇集	尤競(于伶)編	漢口	上海雜誌公司
十二月	大衆劇選第一輯	劇集	尤兢(于伶)編	漢口	華中圖書公司
十二月	大衆劇選第二輯	劇集	尤兢(于伶)編	漢口	華中圖書公司
十二月	米	劇集	洪深、張季純編	漢口	華中圖書公司
十二月	飛將軍	獨幕	洪深	漢口	上海雜誌公司
本年	黑地獄		凌鶴	上海	戲劇時代出版社
本年	亞細亞的怒潮		王紹清	上海	金湯書店
本年	我們的故鄉	劇集	章泯	上海	一般書店
本年	夜光杯	五幕	尤競(于伶)	上海	一般書店
本年	警號		尤競(于伶)	太原	太原犧盟會
本年	漢奸		少苐	太原	太原犧盟會
本年	父親和孩子		張庚	太原	太原犧盟會
本年	放下你的鞭子(街頭劇)		集體創作	太原	太原犧盟會
本年	我們的故鄉		章泯	太原	太原犧盟會
本年	死亡線上		章泯	太原	太原軍訓會

時間	書名	作者	出版地	出版者
本年	萬里長城（歌劇）	朱雙雲	漢口	漢口市抗敵宣傳工作團
本年	防空之夜（歌劇）	朱雙雲、龔嘯風	漢口	武漢防空部
本年	一網打盡	荷子	廣州	抗戰文藝社
本年	肅清漢奸（街頭劇）	丁乃	廣州	抗戰文藝社
本年	防守（詩劇）	柳倩		思想出版社

二十七年

時間	書名	作者	出版地	出版者
一月	甘願做炮灰　劇集	郭沫若	上海	北新書局
一月	相聲集	張笑俠編	北平	戲曲研究社
一月	三江好	舒強等改編	武昌	戰爭叢刊社
一月	全面抗戰	劉念渠	武昌	戰爭叢刊社
一月	放下你的鞭子	陳鯉庭改編	武昌	戰爭叢刊社
一月	放下你的鞭子	王爲一改編	武昌	戰爭叢刊社
一月	最後一計	瞿白英改編	武昌	戰爭叢刊社
一月	抗戰戲劇集　劇集	福建省民衆訓練委員會編	福建	福建省民衆訓練委員會
一月	女間諜	曾迺超	漳州	薌潮劇社
一月	重逢　獨幕	丁玲	廣州	抗戰文藝社
一月	我們八百個	歐陽山	廣州	抗戰文藝社
一月	團結一致（街頭劇）	趙如琳	廣州	廣東省黨政軍聯席會議宣傳部

一月	集合		趙如琳	廣州	廣東省黨政軍聯席會議宣傳部
一月	盧老虎		趙如琳改編	廣州	廣東省黨政軍聯席會議宣傳部
一月	最後一計		建　平改編	廣州	廣東省黨政軍聯席會議宣傳部
一月	往那兒去（抗戰劇集）	劇集	繆一凡	廣州	生活書店
一月	街頭劇		星星出版社編	漢口	新生圖書公司
一月	最後的勝利		田　漢	漢口	大衆出版社
一月	蘆溝橋	四幕	田　漢	漢口	大衆出版社
一月	新雁門關（新京劇）		田　漢	漢口	大衆出版社
一月	我們打衝鋒	劇集	尤　兢（于伶）	漢口	大衆出版社
一月	大衆劇選（附舞臺設計）		尤　兢（于伶）	漢口	上海雜誌公司
一月	八百壯士	三幕	崔嵬、王震之	漢口	上海雜誌公司
一月	前夜	四幕	陽翰笙	漢口	華中圖書公司
一月	李秀成之死	四幕	陽翰笙	漢口	華中圖書公司
一月	街頭劇創作集	劇集	光未然	漢口	揚子出版社
二月	高粱紅了（詩劇）	劇集	安　娥	漢口	上海雜誌公司
二月	乞兒救國（歌劇）		前鋒社編	南昌	前鋒社
二月	傾家守土（歌劇）		前鋒社編	南昌	前鋒社
二月	木蘭從軍（歌劇）		前鋒社編	南昌	前鋒社
二月	陷落之城		陳志堅	重慶	星星書報社
二月	抗戰戲劇選初集	劇集	胡春冰編	廣州	怒吼出版社
二月	抗戰戲劇選續集	劇集	胡春冰編	廣州	怒吼出版社
二月	武裝保衛華南及壯丁		王禮易	廣州	廣東省黨政軍聯席會議宣傳部

二月	舊關之戰	劇集	宋之的	漢口	生活書店
二月	救亡戲劇初集		陳文杰編	漢口	戰時讀物編譯社
二月	救亡戲劇續集		邵振宇編	漢口	戰時讀物編譯社
三月	抗戰獨幕劇	劇集	王　鋒編	上海	上海雜誌公司
三月	中華民族的子孫	三幕	熊佛西	成都	平教會抗戰劇團
三月	風雨金門		陳啓肅	福建	正中書局
三月	金門失守之夜		陳開曦	漳州	薌潮劇社
三月	黃花崗		胡春冰	廣州	怒吼出版社
三月	街頭劇選	劇集	周　平編	漢口	金湯書店
三月	放下你的鞭子（戰時劇選）	劇集	張國威編	漢口	戰時讀物編譯社
四月	天明了（詩劇）		梅　英	內江	血光週刊社
四月	太原的跳動		秦光銀	重慶	白刃社
四月	狼火劇作選	劇集	狼火文藝社	貴陽	狼火文藝社
四月	抗敵劇選集第一集	劇集		福建	福建省抗敵後援會
四月	抗敵劇選集第二集	劇集		福建	福建省抗敵後援會
四月	最近救亡戲劇選集	劇集	田　漢等	廣州	怒吼出版社
四月	最佳抗戰劇選	劇集	王鐵民等	廣州	怒吼出版社
四月	戰時戲劇叢書第一冊（丁玲：重逢）		宋達夫編	廣州	熱血書店
四月	街頭演劇	劇集	沈西苓等	廣州	國防戲劇研究會
四月	宣傳劇第一集	劇集	吳　名編	漢口	大路書局
四月	宣傳劇第二集	劇集	吳　名編	漢口	大路書局

四月	宣傳劇第三集	劇集	吳　名編	漢口	大路書局
四月	抗戰劇本選集	劇集	趙銘彝編	漢口	長江出版社
四月	塞上風雲	四幕	陽翰笙	漢口	華中圖書公司
四月	抗戰獨幕劇集	劇集	冼　羣	漢口	華中圖書公司
四月	閻典史（歌劇）		張忠建	漢口	華中圖書公司
四月	梁紅玉（歌劇）		歐陽予倩	漢口	上海雜誌公司
四月	民族萬歲	五幕	宋之的、陳白塵改編	漢口	上海雜誌公司
四月	最後的勝利	四場	田　漢	漢口	上海雜誌公司
四月	自由魂	三幕	趙慧深改編	漢口	上海雜誌公司
四月	最佳抗戰劇選	劇集	馬彥祥編	漢口	上海雜誌公司
四月	抗戰劇本選集	劇集	趙銘彝編	漢口	長江出版社
四月	抗戰獨幕劇選第一集	劇集	阿　英編	漢口	大衆出版社
四月	抗戰獨幕劇選第二集	劇集	嘯　壠編	漢口	大衆出版社
四月	敵愾同仇	四幕	蘇凡改編	漢口	中外出版社
五月	泰山鴻毛	三幕	包時、蘇雪靈等	重慶	上海戲劇工作社
五月	戰地夜景	劇集	李冰爐	重慶	生存出版社
五月	血戰台兒莊	劇集	趙灼夫	許昌	工人救亡劇團
五月	國防戲劇選集	劇集	趙文光編	廣州	新羣出版社
五月	戰時兒童獨幕劇選	劇集	趙旭初（趙景深）	廣州	北新書局
五月	戰時戲劇選	劇集	歐陽予倩等	廣州	戰時出版社
五月	戰時歌劇選	劇集	田　漢等	廣州	戰時出版社

五月	塞外的狂濤	劇集	張季純	漢口	大衆出版社
五月	血洒晴空(飛將軍閻海文)	二幕	尤兢(于伶)	漢口	大衆出版社
五月	死裏求生	獨幕	洪深、徐萱改編	漢口	生活書店
五月	古城的怒吼	五幕	馬彥祥改編	漢口	華中圖書公司
五月	鴿子姑娘	三幕	王家齊	漢口	上海雜誌公司
五月	抗戰獨幕劇	劇集	劉斐章編	漢口	上海雜誌公司
五月	家破人亡	劇集	章泯	漢口	讀書生活出版社
五月	生路	劇集	章泯	漢口	讀書生活出版社
五月	血	劇集	章泯	漢口	讀書生活出版社
五月	孤軍魂	劇集	侯楓	漢口	新地出版社
六月	生死線上(救亡劇選)	劇集	梅英編	內江	仰風書局
六月	抗戰劇集	劇集	羅永培	成都	青年會熱風劇社
六月	救亡兒童劇集	劇集	蕭崇素編	重慶	新蜀報社
六月	抗戰獨幕劇甲選	劇集	郭青如編	廣州	戰時編譯社
六月	最初的一課		于炳文編	福建	福建省三民主義教育促進會
六月	兒童抗戰劇選	劇集	周蘇編	漢口	羣力書店
六月	到明天	劇集	左明	漢口	海燕出版社
六月	黎明	劇集	李輝英	漢口	海燕出版社
六月	漢奸	四幕	陳白塵	漢口	華中圖書公司
六月	新雁門關(新京劇)		田漢	漢口	上海雜誌公司

六月	國旗飄揚	四幕	羅烽	漢口	讀書生活出版社
六月	臺兒莊	劇集	王瑩等	漢口	讀書生活出版社
七月	宮井埋香（歌劇）		裘德煌	江西	江西省推行音樂教育委員會
七月	重見天日		恒勵	成都	戰時出版社
七月	兩兄弟		舒非	桂林	生活書店
七月	民族公敵	劇集	舒非	桂林	生活書店
七月	九一八以來		顧一烟	桂林	生活書店
七月	黃家莊		劉良模	桂林	生活書店
七月	總動員	四幕	舒羣、羅烽等	漢口	上海雜誌公司
七月	毀家紓難	劇集	文賽閎	漢口	華中圖書公司
七月	民族公敵	劇集	舒非	漢口	讀書生活出版社
七月	順民	劇集	崔嵬、王震之	漢口	生活書店
七月	流亡曲（歌劇）		江凌、劉雪厂	漢口	生活書店
七月	河內一郎	三幕	丁玲	漢口	生活書店
七月	沒有寫完的血書	獨幕	王逸	漢口	生活書店
七月	來幾個殺幾個	獨幕	王逸	漢口	生活書店
七月	兩個傷兵	獨幕	王逸	漢口	生活書店
七月	捉拿漢奸	獨幕	王逸	漢口	生活書店
七月	打東洋	獨幕	王逸	漢口	生活書店
七月	木頭人	獨幕	王逸	漢口	生活書店
七月	時代戲劇選第一集	劇集	丁玲等		時代劇社
七月	時代劇選	劇集			時代劇社

八月	女子公寓	四幕	于伶	上海	上海劇藝社
八月	閻海文	二幕	劉益之	成都	中國的空軍出版社
八月	白娘娘	五幕	顧一樵	長沙	商務印書館
八月	幫助咱們的游擊隊（兒童劇）	獨幕	吳新稼	桂林	生活書店
八月	西北戰地服務團戲劇集	劇集	丁玲、奚如編	廣州	上海雜誌公司
八月	旗艦出雲號	五幕	宋之的	漢口	上海雜誌公司
八月	時代戲劇選第二集	劇集	丁玲等		時代劇社
九月	第七號人頭	三幕	胡紹軒	重慶	藝文研究會
九月	抗戰劇本特輯	劇集		廣州	廣東省黨政軍聯席會議宣傳部
十月	中國萬歲	三幕	唐納	香港	大公報代辦部
十月	血債	劇集	趙清閣	重慶	藝文研究會
十月	地牢		駱文宏	重慶	中國出版服務社
十月	無恥的迷亡者		里林	重慶	長虹書店
十月	魔窟（一名：新官上任）	四幕	陳白塵	漢口	生活書店
十月	號外新聞		鍾期森	漢口	掃蕩報社
十月	報復國仇的孩子（兒童劇）		張濟良	綦江	力源文藝社
十月	時代劇選	劇集	丁玲		時代劇社
十一月	上海屋簷下	三幕	夏衍	上海	現代戲劇出版社
十一月	最後關頭	劇集	張道藩	重慶	藝文研究會
十二月	淪陷之前		集體創作	文昌	廣東文昌縣立中學高一班自印
十二月	後方	劇集	劉念渠	重慶	藝文研究會

十二月	侵略的毒燄	劇集	王家齊	重慶	藝文研究會
本年	打回老家去	劇集	導報叢書編輯部編	上海	導報館
本年	救亡獨幕劇選	劇集	林莉編	上海	前鋒出版社
本年	朴園史劇甲集	劇集	李朴園	長沙	商務印書館
本年	東北一角		王光鼎	武昌	軍委會政治部
本年	死重求生	獨幕	洪深、徐萱改編	武昌	軍委會政治部
本年	打鬼子去	獨幕	荒煤	武昌	軍委會政治部
本年	生死關頭	獨幕	周吝	武昌	軍委會政治部
本年	淪亡以後	獨幕	光未然	武昌	軍委會政治部
本年	血	獨幕	章泯	桂林	國防藝術社
本年	七十七號	劇集	春冰等	廣州	怒吼劇社
本年	聯合	三幕	丁玲	漢口	生活書店
本年	打回老家去	獨幕	易揚	漢口	讀書生活出版社
本年	磨刀樂	獨幕	章泯	桂林	國防藝術社
本年	中國的母親	獨幕	白克改編	桂林	國防藝術社
本年	新拾金（戶外劇）		夏蔡	龍溪	福建抗敵後援會龍溪分會
本年	當兵去（戶外劇）		柯聯魁、陳鄭煊	龍溪	福建抗敵後援會龍溪分會
本年	國防戲劇		馬翎編		益利書局

二十八年

時間	書名	作者	出版地	出版者
一月	中華民族的子孫 三幕	熊佛西	成都	中華平民教育促進會
一月	後防、中華民族的子孫 劇集	熊佛西	成都	四川省立戲劇教育實驗學校
一月	秦良玉	楊村彬	成都	四川省立戲劇教育實驗學校
一月	肉彈（原名：苦心） 劇集	包起權	重慶	藝文研究會
一月	一年間 四幕	夏衍	漢口	生活書店
一月	祖國風雲	曾迺敦	龍溪	福建省抗敵後援會龍溪分會
二月	撲滅倭寇（朗誦劇）	張澤厚	成都	跋涉書店
三月	古城烽火 二幕	顧一樵	重慶	正中書局
三月	鳳凰城 四幕	吳祖光	重慶	生活書店
三月	黃花崗 四幕	胡春冰	重慶	生活書店
三月	臺兒莊之戰	王瑩、金山等	重慶	生活書店
四月	十三年 獨幕	李健吾	上海	文化生活出版社
四月	反抗及游擊隊	趙如琳	曲江	第四戰區政治部
四月	天明了（詩劇）	梅英	內江	興中書局
四月	宦海圖	黃若海	成都	上海雜誌公司
四月	保衛領空	董每戡	成都	中國航空出版社
四月	民族戰 五幕	向培良改編	重慶	華中圖書公司
四月	殲滅	塞克等	重慶	生活書店
四月	戰鬥	章泯	重慶	生活書店
四月	宣傳 劇集	王爲一	重慶	生活書店
五月	亂世男女 三幕	陳白塵	重慶	上海雜誌公司

六月	女子公寓	四幕	于伶	上海	現代戲劇出版社
六月	自衞隊（一名：民族光榮）	四幕	宋之的	重慶	上海雜誌公司
七月	當他們夢醒的時候	五幕	石靈	上海	世界書局
八月	撒謊世家	四幕	李健吾改編	上海	文化生活出版社
八月	慾魔	五幕	歐陽予倩改編	上海	現代戲劇出版社
八月	燈尾集（上下册）	劇集	徐訏	上海	宇宙風社
八月	復活與煙葦港	劇集	冼羣	上饒	前線日報社
八月	游擊隊的母親	劇集	董辛民	溫州	上海雜誌公司
九月	夜上海	五幕	于伶	上海	劇場藝術社
九月	最佳獨幕劇選（第一集）	劇集	馬彥祥編	重慶	上海雜誌公司
九月	黑暗的笑聲	四幕	章泯	重慶	上海雜誌公司
十月	上海一律師	三幕	于伶、包可華改編	上海	現代戲劇出版社
十月	滿城風雨（一名：情海疑雲）	四幕	于伶	上海	現代戲劇出版社
十月	第二號漢奸	四幕	陳啓肅	福建	省政府教育廳戰時國民教育巡廻教學團
十月	戰	三幕	舒謙	福建	省政府教育廳戰時國民教育巡廻教學團
十月	包得行	四幕	洪深	重慶	上海雜誌公司
十一月	小英雄	劇集	許幸之	上海	光明書局
十一月	空軍魂	四幕	孫怒潮	成都	中國的空軍出版社
十二月	生與死	四幕	徐訏	上海	夜窗書屋

時間	書名		作者	出版地	出版者
十二月	中國男女	五幕	胡春冰	上海	光明書局
十二月	前夜	四幕	陽翰笙		戲劇書店
十二月	守住我們的家鄉	劇集	丁玲、夏野士等		劇友社
本年	碧血花	四幕	魏如晦（阿英）	上海	國民書店
本年	橫山鎮		錫金	上海	國民書店
本年	小英雄	劇集	許幸之	上海	光明書局
本年	白山黑水	劇集	史輪等		生活書店
本年	黃花岡		廣東戲劇協會改編		生活書店
本年	流寇隊長	三幕	王震之等	上海	建社
本年	沒有男子的戲劇	劇集	葉尼（吳天）	上海	潮鋒出版社
本年	文天祥		孔麟	上海	中華戲劇研究會
本年	運輸艦		李冰爐	重慶	狼煙出版社
本年	中華女兒	劇集	長虹出版社編	重慶	長虹出版社
本年	最佳獨幕劇選第二集	劇集	馬彥祥編	重慶	上海雜誌公司
本年	生命之花	三幕	王夢鷗	福建	福建省政府教育廳戰時國民教育巡廻教學團
本年	抗戰獨幕新劇選	劇集	戰時劇社		火線出版社
本年	蘇皎皎		于伶		上海雜誌公司
本年	未死的人		董每戡		航委會政治部
二十九年					
一月	江南三唱	劇集	于伶	上海	珠林書店

一月	風波亭	劇集	江上青等	上海	劇藝出版社
一月	花濺淚（改訂）	五幕	于伶	上海	現代戲劇出版社
一月	獨幕劇選	劇集	袁牧之等	上海	中國圖書編輯館
一月	離婚	獨幕	宋超	漢口	海燕出版社
二月	碧血花（一名：葛嫩娘）	四幕	魏如晦（阿英）	上海	國民書店
二月	海上春秋	獨幕	馬彥祥	香港	申萱出版社
二月	天長地久	五幕	許幸之	上海	光明書局
三月	潮來的時候	五幕	徐訏	上海	夜窗書屋
三月	陳圓圓		蔣旂	上海	國民書店
三月	生財有道	五幕	顧仲彝改編	上海	劇場藝術出版社
三月	戀愛與陰謀（後名：殉情）	五幕	顧仲彝	上海	光明書局
三月	北地王（一名：亡蜀遺恨）	四幕	周貽白	上海	亞星書店
三月	平壤孤忠（歌劇）		朱雙雲	重慶	新人出版社
三月	黑字二十八	四幕	曹禺、宋之的	重慶	正中書局
四月	文天祥	四幕	彭子儀	上海	國民書店
四月	岳飛	四幕	顧一樵	長沙	商務印書館
四月	正氣	劇集	羅永培	長沙	商務印書館
四月	殘霧	四幕	老舍	長沙	商務印書館
四月	從軍樂	四幕	余上沅、王思曾	重慶	正中書局
四月	江漢漁歌（新歌劇）		田漢	重慶	上海雜誌公司
四月	牛頭嶺		谷劍塵編		戲劇書店
五月	五姊妹	三幕	魏如晦（阿英）	上海	亞星書店

五月	桃花源	三幕	魏如晦（阿英）	上海	亞星書店
五月	上海小景		蔣旂	上海	國民書店
五月	女兒國	五幕	于伶	上海	國民書店
五月	汪精衞現形記	七場	陳白塵	重慶	中國戲曲編刊社
五月	幸福之家	四幕	蕭軍	重慶	上海雜誌公司
五月	抗戰獨幕喜劇選	劇集	沈德蔚編	重慶	上海雜誌公司
五月	團結	四幕	郝琴		上海雜誌公司
六月	衞生針	劇集	張季純	重慶	華中圖書公司
六月	黃鶴樓	五幕	陳銓	長沙	商務印書館
七月	這不過是春天	三幕	李健吾	上海	文化生活出版社
七月	沈淵	三幕	林柯	上海	文化生活出版社
七月	小市民	劇集	夏衍	桂林	新知書店
七月	前夜	四幕	巴人	香港	海燕書店
八月	麒麟寨	四幕	荃麟	永安	改進出版社
八月	心防	四幕	夏衍	桂林	新知書店
九月	荊軻	四幕	顧一樵	長沙	商務印書館
九月	生路	劇集	蔣旂	上海	光明書局
十月	正在想	獨幕	曹禺	上海	文化生活出版社
十月	李香君	五幕	周貽白	上海	國民書店
十月	巾幗英雄（一名：木蘭從軍）	三幕	易喬	上海	潮鋒出版社
十月	蛻變	四幕	曹禺	長沙	商務印書館
十一月	現代最佳劇選第三集	劇集	昌言編	上海	國民書店

十一月	喜馬拉雅山上雪	劇集	羅永培	長沙	商務印書館
十一月	鞭（一名：霧重慶）	五幕	宋之的	重慶	生活書店
十一月	代用品	劇集	洗羣	重慶	華中圖書公司
十二月	刑	四幕	宋之的	重慶	大東書局
十二月	湖上曲	五幕	駱文宏	重慶	獨立出版社
十二月	病院槍聲		胡紹軒	重慶	華中圖書公司
十二月	小三子	三幕	洗羣	重慶	華中圖書公司
十二月	敵人	劇集	歐陽山等		劇友出版社
十二月	國家至上	四幕	老舍、宋之的	重慶	自刊
本年	小夜曲	劇集	吳永剛等	上海	劇藝出版社
本年	梁紅玉	四幕	周劍塵	上海	新藝書店
本年	爲祖國飛行	劇集	朱雷	上海	光明書局
本年	國色天香		周貽白	上海	光明書局
本年	精忠報國	四幕	江上青（舒湮）	上海	光明書局
本年	枉費心機	五幕	石靈	上海	光明書局
本年	被摧殘的生命	劇集	楊揚	上海	陽明書店
本年	街燈下	劇集	白薇等	上海	國風書店
本年	女性的解放	三幕	易喬改編	上海	亞星書店
本年	獎狀	劇集	葉尼（吳天）	上海	現代戲劇出版社
本年	忠義之家	劇集	嘯平等	上海	現代戲劇出版社
本年	還我河山	三幕	田洛	上海	上海劇藝社
本年	林沖夜奔	五幕	吳永剛	上海	國民書店

時間	書名	作者	出版地	出版者
本年	海戀　四幕	吳天	上海	國民書店
本年	卓文君　七幕	憚函	上海	毓文書店
本年	月亮　三幕	徐訏	上海	珠林書店
本年	何洛甫之死　五幕	徐訏	上海	夜窗書屋
本年	不夜城　三幕	阿英	上海	潮鋒出版社
本年	西太后　四幕	周劍塵	上海	劇作協會
本年	鐵漢　三幕	羅永培	長沙	商務印書館
本年	紅櫻槍	葛一虹	重慶	中國文化服務社
本年	狄四娘　四幕	張道藩	重慶	中國圖書雜誌公司
本年	總站之夜　劇集	陶雄	重慶	新人出版社
本年	碧血黃花	唐紹華	重慶	國民圖書出版社
本年	夢裏乾坤	洪深		益智書局

三十年

時間	書名	作者	出版地	出版者
一月	蛻變　四幕	曹禺	上海	文化生活出版社
一月	張自忠　四幕	老舍	重慶	華中圖書公司
二月	海國英雄（一名：鄭成功）　四幕	魏如晦（阿英）	上海	國民書店
二月	北地狼煙	劉念渠、宗由	重慶	中央青年劇社
二月	兄弟之間	汪漫鐸	重慶	中央青年劇社
二月	解放者　四幕	楊村彬	重慶	華中圖書公司

二月	兩代的愛（一名：楊達這個人）	五幕	巴人	香港	海燕書店
二月	秋收（一名：大地黃金）	三幕	陳白塵改編	桂林	上海雜誌公司
三月	不夜城	三幕	阿英	上海	劇藝出版社
三月	天羅地網		董每戡	成都	鐵風出版社
三月	樂園進行曲	四幕	凌鶴	重慶	大東書局
三月	女傑	五幕	趙清閣	重慶	華中圖書公司
三月	賽金花	四幕	熊佛西	重慶	華中圖書公司
三月	落日	劇集	唐紹華	重慶	中國戲曲刊行社
四月	都會的一角	劇集	夏衍等	上海	激流書店
四月	現代名劇輯選	劇集	魏如晦（阿英）編	上海	劇藝出版社
四月	等太太回來的時候	劇集	丁西林	重慶	正中書局
四月	面子問題	三幕	老舍	重慶	正中書局
四月	一齣戲	劇集	寇嘉弼	重慶	華中圖書公司
五月	花木蘭	四幕	周貽白	上海	開明書店
五月	梁紅玉	四幕	顧仲彝	上海	開明書店
五月	愁城記	四幕	夏衍	上海	劇場藝術社
五月	小城故事	五幕	袁俊	上海	文化生活出版社
五月	過年	劇集	趙清閣	重慶	獨立出版社
五月	浪淘沙	劇集	姚亞影	重慶	華中圖書公司
五月	走	劇集	葛一虹編	重慶	新生圖書公司

五月	死角	四幕	舒非	桂林	上海雜誌公司
六月	國賊汪精衛	四幕	馬彥祥	重慶	青年出版社
六月	世界公敵	三幕	熊佛西	重慶	青年出版社
七月	董小宛	四幕	舒湮	上海	光明書局
七月	墮落性瓦斯	四幕	李束絲	成都	鐵風出版社
七月	大時代	劇集	向培良	長沙	商務印書館
七月	大明英烈傳	五幕	于伶	桂林	上海雜誌公司
八月	洪宣嬌	五幕	魏如晦（阿英）	上海	國民書店
八月	邊城故事	五幕	袁俊	上海	文化生活出版社
八月	國殤	四幕	吳重翰	長沙	商務印書館
八月	通緝書	四幕	殘痕	重慶	正中書局
八月	民族女傑	四幕	沈蔚德	重慶	正中書局
八月	轉形期	劇集	宋之的	桂林	上海雜誌公司
九月	晚禱	獨幕	朱雷	上海	光明書局
九月	鐵砂	四幕	胡紹軒	重慶	獨立出版社
九月	哈爾濱的暗影	四幕	鄭伯奇	桂林	上海雜誌公司
十月	忠王李秀成	五幕	歐陽予倩	桂林	文化供應社
十月	反攻勝利（抗戰宣傳舞臺劇）	三幕	趙清閣	重慶	正中書局
十一月	大地龍蛇	三幕	老舍	重慶	國民圖書出版社
十一月	北京人	三幕	曹禺	重慶	文化生活出版社
十一月	妙峯山	四幕	丁西林	桂林	戲劇春秋月刊社
十二月	春雷	六場	吳天	上海	開明書店

時間	書名		作者	出版地	出版者
十二月	大地回春	五幕	陳白塵	桂林	文化供應社
本年	還我學校	獨幕	任文	上海	名山書局
本年	海內外	獨幕	吳天	上海	珠林書店
本年	蠹	三幕	徐渠	上海	文國社
本年	孤島的狂笑	劇集	徐訏	上海	夜窗書屋
本年	母親的肖像	三幕	徐訏	上海	夜窗書屋
本年	月光曲	五幕	徐訏	上海	夜窗書屋
本年	卡門	六幕	田漢	上海	現代戲劇出版社
本年	卞昆岡等六種	劇集	昌言編	上海	現代戲劇出版社
本年	菊花鍋		劉炎臣	天津	三友美術社
本年	近代獨幕劇選	劇集	朱肇洛編	北平	文化學社
本年	大時代的插曲	劇集	向培良	長沙	商務印書館
本年	財奴		唐紹華	重慶	國民圖書出版社
本年	黨人魂		唐紹華	重慶	中國戲曲編刊社
本年	霧重慶	五幕	宋之的	香港	文學出版社
本年	七夕	劇集	許幸之	香港	堡壘書局
本年	期望	劇集	章泯	桂林	
本年	現代最佳劇選第四集	劇集	昌言		國民書店
本年	每戡獨幕劇作	劇集	董每戡	貴陽	文通書局
三十一年					
一月	喜酒	劇集	邵荃麟	桂林	文化供應社

二月	後方小喜劇	劇集	陳白塵	重慶	生活書店
三月	情海疑雲	四幕	于伶	長春	益智書店
三月	屈原	五幕	郭沫若	重慶	文林出版社
三月	岳飛		田漢	桂林	白虹書店
四月	鐵羅漢		陳楚淮	金華	國民出版社
四月	結婚進行曲	五幕	陳白塵	重慶	作家書屋
四月	野玫瑰	四幕	陳銓	重慶	商務印書館
五月	信號（再版）	三幕	李健吾	重慶	文化生活出版社
五月	生死戀（訂正本）	五幕	趙清閣改編	重慶	商務印書館
五月	大地回春		陳白塵	重慶	大陸圖書公司
五月	海嘯		賀孟斧	重慶	大陸圖書公司
五月	風雨歸舟（一名：再會吧香港！）	四幕	田漢、洪深、夏衍	桂林	集美書店
六月	近代戲劇選	劇集	歐陽予倩	上海	一流書局
六月	正氣歌	五幕	吳祖光	重慶	大陸圖書公司
七月	健吾戲劇集（第二集）	劇集	李健吾	重慶	文化生活出版社
七月	佛西抗戰戲劇集	劇集	熊佛西	重慶	華中圖書公司
七月	棠棣之花	五幕	郭沫若	重慶	作家書屋
八月	愁城記	四幕	夏衍	桂林	文獻出版社
九月	夏完淳	四幕	張光中	重慶	青年出版社
十月	虎符（信陵君與如姬）	五幕	郭沫若	重慶	羣益出版社

時間	書名		作者	出版地	出版者
十月	水鄉吟	四幕	夏衍	重慶	羣益出版社
十月	人獸之間	四幕	包起權	重慶	獨立出版社
十一月	海嘯	三幕	賀孟斧	重慶	新生圖書文具公司
十一月	最後的聖誕夜（一名：香島夢）	四幕	許幸之	桂林	今日文藝社
十一月	長夜行	四幕	于伶	桂林	遠方書店
十二月	金玉滿堂	四幕	沈浮	成都	華西晚報出版社
十二月	家	四幕	曹禺	重慶	文化生活出版社
十二月	黃白丹青	三幕	洪深	重慶	建國書店
本年	現代最佳劇選第五集	劇集	昌言編	上海	國民書店
本年	兄弟	五幕	徐訏	成都	東方書社
本年	野花	劇集	徐訏	成都	東方書社
本年	契約	劇集	徐訏	成都	東方書社
本年	鬼戲	劇集	徐訏	成都	東方書社
本年	南國孤忠	四幕	閔彬如	重慶	中國書店
本年	一羣馬鹿		唐紹華	重慶	獨立出版社
本年	草莽英雄	五幕	陽翰笙	重慶	羣益出版社
本年	大渡河	五幕	陳白塵	重慶	羣益出版社
本年	最後的聖誕夜	四幕	許幸之	桂林	今日文藝社

三十二年

時間	書名		作者	出版地	出版者
一月	重慶二十四小時	三幕	沈浮	重慶	聯友出版社

一月	齊王田橫	四幕	蕭卓麟	重慶	經緯出版社
二月	歸去來兮	五幕	老舍	重慶	作家書屋
二月	鳥國		陳治策	重慶	獨立出版社
二月	戰鬥的女性		凌鶴	重慶	上海雜誌公司
二月	誰先到了重慶	三幕	老舍	重慶	聯友出版社
二月	新鴛鴦譜（原名：貨殖傳）	三幕	楊邨人	重慶	南方印書館
二月	祖國在呼喚	五幕	宋之的	桂林	遠方書店
二月	珍珠	獨幕	洗羣	桂林	文獻出版社
二月	話劇選	劇集	文寵	桂林	文化供應社
二月	繁菌	四幕	辛明		中國出版合作社
四月	衝出重圍	三幕	趙如琳	重慶	正中書局
四月	藍蝴蝶		陳銓	重慶	青年書店
四月	金指環		陳銓	重慶	天地出版社
五月	水仙花	四幕	顧仲彝	上海	光明書局
五月	復活	六幕	夏衍改編	重慶	美學出版社
六月	鐵血將軍		朱桐僊	重慶	中華書局
六月	之子子歸	四幕	姚蘇鳳	重慶	新生圖書文具公司
七月	牛郎織女	四幕	吳祖光	成都	啓文書局
七月	國家至上	四幕	老舍、宋之的	漢口	南方印書館
八月	美國總統號	三幕	袁俊	重慶	文化生活出版社
九月	江南之春	七幕	馬彥祥	重慶	正中書局
九月	活（一：名雨打梨花）	劇集	趙清閣	重慶	婦女月刊社

十月	光緒親政記（「清宮外史」第一部）	五幕	楊村彬	重慶	國訊書店
十月	還鄉記	四幕	寇嘉弼		明天出版社
十一月	勝利號	三幕	陳白塵等著 陳克成編述	成都	勝利出版社四川分社
十一月	戲劇春秋	五幕	夏衍、于伶、宋之的	重慶	未林出版社
十一月	杏花春雨江南	四幕	于伶	重慶	美學出版社
十一月	姐妹行	四幕	以羣	重慶	東方書社
十二月	桃李春風（一名：金聲玉振）	四幕	老舍、趙清閣	成都	中西書局
十二月	自由港	五幕	蔡楚生	重慶	文風書局
十二月	兩面人（一名：天地玄黃）	四幕	陽翰笙	重慶	當今出版社
十二月	孔雀膽	四幕	郭沫若	重慶	羣益出版社
本年	兒女風雲		龔家寶、胡春冰	上海	光明書局
本年	侯光		陳綿	北平	中國公論社
本年	上海之夜	劇集	左明編	重慶	正中書局
本年	情盲	四幕	王平陵	重慶	商務印書館
本年	十月十日		唐紹華	重慶	國民圖書出版社
本年	活（一名：雨打梨花）	劇集	趙清閣	重慶	婦女月刊社
本年	未熟的粧稼		洪荒		新華書店
本年	糠菜夫婦		洪荒		新華書店

三十三年

時間	書名		作者	出版地	出版者
一月	十字街頭	四幕	沈西苓原著 魯思改編	上海	世界書局
一月	三千金	四幕	顧仲彝	上海	世界書局
一月	花信風	四幕	李健吾	上海	世界書局
一月	李太白	五幕	孔另境	上海	世界書局
一月	稱心如意	四幕	楊絳	上海	世界書局
一月	夢裏京華	三幕	王文顯	上海	世界書局
一月	晚宴	六幕	石華父	上海	世界書局
一月	銀星夢	五幕	方君逸（吳天）	上海	世界書局
一月	清宮怨	四幕	姚克	上海	世界書局
一月	綠窗紅淚	四幕	周貽白	上海	世界書局
一月	春暖花開	三幕	李慶華	重慶	國慶與中國出版社
一月	秋聲賦	五幕	田漢	桂林	文人出版社
一月	此恨綿綿	五幕	趙清閣改編	重慶	新中華文藝社
一月	抗戰獨幕劇首輯	劇集	中國戲曲編刊社	重慶	國民圖書出版社
一月	天上人間（「一年間」改作）	四幕	夏衍	重慶	美學出版社
一月	兩個世界	三幕	趙樹理		新華書店
二月	喜相逢	四幕	李健吾	上海	世界書局
二年	金絲雀	五幕	周貽白	上海	世界書局

二月	蘇武	三幕	顧一樵	重慶	商務印書館
二月	燕市風沙錄	三幕	王夢鷗	重慶	正中書局
三月	狂歡之夜	五幕	魯思	上海	世界書局
三月	風流債	五幕	李健吾改編	上海	世界書局
三月	重見光明	四幕	顧仲彝	上海	世界書局
三月	半夜	劇集	陳綿	北平	華北文化書局
三月	南冠草	五幕	郭沫若	重慶	羣益出版社
四月	陽關三疊	四幕	周貽白	上海	世界書局
四月	春秋怨	四幕	孔另境	上海	世界書局
四月	闔第光臨	三幕	洪謨	上海	世界書局
四月	富貴浮雲	三幕	袁俊	上海	世界書局
四月	鐘樓怪人	六幕	袁牧之	上海	世界書局
四月	奴城傳奇		令狐令得	南平	國民出版社
四月	黃花	三幕	李健吾	重慶	文化生活出版社
四月	草木皆兵	三幕	宋之的、夏衍、于伶	重慶	未林出版社
四月	凱歌歸（原名：勝利號）	三幕	陳白塵等著 潘孑農改編	重慶	勝利出版社四川分社
五月	精忠報國（訂正版）	五幕	舒湮	上海	光明書局
五月	新婦	四幕	顧仲彝	上海	世界書局
六月	藍天使	五幕	魯思	上海	世界書局

六月	第七號風球（一名：法西斯細菌）	五幕	夏衍	重慶	文聿出版社
六月	瀟湘淑女（一名：忠義千秋）	四幕	趙清閣	重慶	商務印書館
七月	水鄉吟	四幕	夏衍	永安	東南出版社
八月	復國（一名：吳越春秋）	四幕	張家琇	重慶	商務印書館
八月	民族正氣	五幕	趙循伯	重慶	商務印書館
八月	天國春秋	六幕	陽翰笙	重慶	羣益出版社
九月	第一炮		辛既白	山東	新華書局
九月	回家以後	獨幕	歐陽予倩	重慶	中周出版社
九月	清風明月	三幕	趙清閣	重慶	華中圖書公司
十月	走	獨幕	馬彥祥	重慶	文風書局
十月	萬世師表	四幕	袁俊	重慶	新聯出版公司
十月	心獄	三幕	于伶	重慶	未林出版社
十月	光緒變政記（「清宮外史」第二部）（再版）		楊村彬	重慶	國訊書店
十月	風雪夜歸人	五幕	吳祖光	重慶	新聯出版公司
十月	夜奔	四幕	吳祖光	重慶	未林出版社
十一月	正氣歌	五幕	吳祖光	上海	開明書店
十一月	山城故事	三幕	袁俊	重慶	文化生活出版社
十二月	野火花	三幕	顧仲彝	上海	世界書局
本年	沈箱記	四幕	孔另境	上海	世界書局

本年	鳳還巢	三幕	孔另境	上海	世界書局
本年	楚霸王	四幕	姚克	上海	世界書局
本年	樑上君子	三幕	佐臨	上海	世界書局
本年	妻	三幕	鄧昭暉	上海	世界書局
本年	孔雀屏	四幕	石華父	上海	世界書局
本年	雁來紅	三幕	石華父	上海	世界書局
本年	愛戀	三幕	魯思	上海	世界書局
本年	眼兒媚	四幕	胡導	上海	世界書局
本年	圓謊記	四幕	朱端鈞	上海	世界書局
本年	滿庭芳	獨幕	方君逸（吳天）	上海	世界書局
本年	離恨天	六幕	方君逸（吳天）	上海	世界書局
本年	花弄影	五幕	方君逸（吳天）	上海	世界書局
本年	四姊妹	五幕	方君逸（吳天）	上海	光明書局
本年	半夜	劇集	陳綿	北平	華北作家協會
本年	母親的肖像	三幕	徐訏	成都	東方書社
本年	金玉滿堂	四幕	沈浮	重慶	新生圖書文具公司
本年	黃金萬兩		魯覺吾	重慶	美學出版社
本年	飄		柯靈改編	重慶	美學出版社
本年	爲國爭光		孫師毅改編	重慶	美學出版社
本年	婚後	劇集	陳銓	重慶	商務印書館
本年	疏散喜劇	三幕	徐昌霖	重慶	商務印書館

時間	書名	作者	出版地	出版者
本年	萬年青 三幕	北鷗	重慶	商務印書館
本年	把眼光放遠點	胡丹沸		新華書店
本年	甑家莊戰鬥	嚴寄洲		呂梁文化教育社

三十四年

時間	書名	作者	出版地	出版者
一月	弄眞成假 五幕	楊絳	上海	世界書局
一月	春寒 五幕	宋之的	重慶	未林出版社
二月	歲寒圖 三幕	陳白塵	重慶	羣益出版社
二月	槿花之歌 五幕	陽翰笙	重慶	黃河出版社
二月	野馬 四幕	寇嘉弼		三人出版社
三月	雨夜 四幕	王右家	重慶	正中書局
三月	女人女人（一名：多福多壽多男子） 三幕	洪深	重慶	華中圖書公司
四月	銀海滄桑 四幕	姚克	上海	世界書局
四月	連環計 五幕	周貽白	上海	世界書局
四月	離離草（再版） 四幕	夏衍	昆明	進修出版教育社
四月	冷月葬詩魂（後名：詩魂冷月） 四幕	趙清閣	重慶	亞洲圖書社
五月	鴛鴦劍（後名：雪劍鴛鴦） 四幕	趙清閣	重慶	黃河書局
五月	少年遊 三幕	吳祖光	重慶	開明書店
五月	中華兒女 劇集	任鈞	重慶	國民圖書公司

六月	八仙外傳	四幕	顧仲彝	上海	世界書局
六月	不夜天（後名：金小玉）	四幕	西渭（李健吾）	重慶	美學出版社
六月	寄生草（再版）	三幕	洪深	重慶	上海雜誌公司
七月	天將曉	四幕	姚亞影	重慶	朝露文藝社
八月	雨打梨花（一名：活）	四幕	趙清閣	重慶	婦女月刊社
本年	賭徒別傳	五幕	錫金改編	上海	世界書局
本年	甜姐兒	四幕	魏于潛	上海	世界書局
本年	丈夫	五幕	鄧昭暉	上海	世界書局
本年	賺吻記	三幕	吳伋之	上海	世界書局
本年	愛戀（一名：母妻之間）	三幕	魯思	上海	世界書局
本年	美人計	四幕	姚克	上海	世界書局
本年	紅豆曲	四幕	方君逸（吳天）	上海	世界書局
本年	潘巧雲	五幕	黃鶴	上海	世界書局
本年	荒島英雄	四幕	佐臨	上海	世界書局
本年	女人，女人	四幕	商周	上海	文江圖書公司
本年	恨海	四幕	宋約（柯靈）	北平	文章書房
本年	幸福天堂	五幕	劉念渠	重慶	商務印書館
本年	最快樂的悲劇	三幕	羅永培	重慶	商務印書館
本年	殘雪		包起權	重慶	正中書局
本年	踏上征途	四幕	尹笠	重慶	獨立出版社
本年	芳草天涯	四幕	夏衍	重慶	美學出版社
本年	熔爐	四幕	唐紹華	重慶	國民圖書出版社

年代	書名		作者	出版地	出版者
本年	榮譽恩情	三幕	王銳	重慶	說文社
本年	甲申記	五幕	吳天石等		蘇中出版社
本年	生命是我們的	三幕	劉任濤		聯合圖書公司
本年	金戒指	獨幕	胡奇		韜奮書店
本年	一把斧頭、新吵、家、家庭	劇集	太行山劇團		韜奮書店
	會				
本年	過關	三幕	賈霽		新華書店

年代不詳

書名		作者	出版地	出版者
小三子	三幕	洗羣	上海	大時代出版社
再上前線去	獨幕	凌鶴	上海	金湯書店
戀愛問題	劇集	易喬	上海	亞星書店
賽金花	四幕	鮑雨	上海	亞星書店
好劇本（第一輯）	劇集	易喬編	上海	亞星書店
小夜曲	劇集	諸家	上海	亞星書店
自由的靈魂	劇集	諸家	上海	亞星書店
月光曲	劇集	諸家	上海	亞星書店
人命販子	獨幕	王震之	延安	魯迅藝術學院
血祭上海	獨幕	任白戈等	延安	魯迅藝術學院
山城夜曲		凌鶴	昆明	

夢的微笑		凌　鶴	昆　明	
否極泰來	四幕	胡紹軒	重　慶	獨立出版社
雨過天青		趙清閣	重　慶	獨立出版社
虎嘯		趙清閣	重　慶	黃河出版社
花影淚		趙清閣	重　慶	天地出版社
光榮的戰鬥		趙清閣	重　慶	中國文化服務社
離婚		趙清閣	重　慶	商務印書館
病院槍聲	三幕	胡紹軒	貴　陽	文通書局
煤坑	三幕	胡紹軒	貴　陽	文通書局
盲啞恨	獨幕	李增援	漢　口	星星出版社
仁丹鬍子	獨幕	塞　克	漢　口	讀書生活出版社
當伙子去	三幕	嚴　恭	漢　口	華中圖書公司
抗敵短劇	劇集	凌　鶴		上海雜誌公司
愛與恨	劇集	張　庚等		上海雜誌公司
重慶交響樂（二冊）		沈西蒙		韜奮書店
苦戀		章　泯		
鹽場		胡紹軒		
驚馬橋	四幕	夏鐵肩		
皖南風雨		夏鐵肩		
淪陷之家		李曼瑰		
慈母淚		李曼瑰		

	寃家路窄	李曼瑰		
	戲中戲	李曼瑰		
	華陀	黎錦明		
	戰渭水	黎錦明		

五、論著

二十六年

時間	書名	作者	出版地	出版者
七月	通俗化問題討論集	雪葦、唐弢等	上海	新知書店
七月	宋詞通論	薛礪若	上海	開明書店
七月	唐宋金元詞鈎沈	周泳先	上海	商務印書館
八月	中國文學百科全書	楊家駱	上海	
九月	小說閒談	趙景深	上海	北新書局
十月	現階段文藝論戰	楊晉豪	上海	北新出版社
十二月	戰時文藝通俗話運動	司馬文森	上海	黑白叢書社
十二月	抗戰與戲劇	田漢	長沙	商務印書館

二十七年

時間	書名	作者	出版地	出版者
一月	非常時期的戲劇	趙如琳	廣東	黨政軍聯席會議宣傳部
一月	抗戰戲劇論	胡春冰	廣東	黨政軍聯席會議宣傳部

一月	讀書的方法與經驗	王任叔	上海	生活書店
二月	怎樣寫報告文學	周鋼鳴	上海	生活書店
三月	戰時文學論	王平陵	漢口	上海雜誌公司
三月	現代中國詩壇	蒲風	廣州	詩歌出版社
四月	抗戰詩歌講話	蒲風	廣州	詩歌出版社
四月	三月來的春野劇社	應普漢編	溫州	不皺眉齋
四月	孩子劇團	孩子劇團編	漢口	大陸書店
四月	閱讀與寫作	夏丏尊、葉紹鈞	上海	開明書店
四月	鹿地亘及其作品	衣冰編	漢口	新國民書店
五月	蘇聯的文學	吳生	上海	世界書局
五月	抗戰期間的文學	阿英	廣州	戰時出版社
五月	文藝通訊員的組織與活動	司馬文森	漢口	大衆出版社
六月	中國文學史大綱	楊蔭深	長沙	商務印書館
七月	中國藝術論叢	滕固編	長沙	商務印書館
七月	彈詞考證	趙景深	長沙	商務印書館
七月	中國韻文概論	梁啓勳	長沙	商務印書館
七月	哈代評傳	李田意	長沙	商務印書館
八月	密雲期風習小紀	胡風	漢口	海燕書店
八月	中國俗文學史（上下册）	鄭振鐸	長沙	商務印書館
八月	文藝與宣傳	郭沫若	廣州	生活出版社
八月	現代戲劇圖書目錄	舒暢編	漢口	現代戲劇圖書館

時間	書名	作者	出版地	出版者
九月	怎樣學習詩歌	穆木天	重慶	生活書店
十二月	抗戰藝術宣傳	藝專抗宣工作團	沅陵	國立藝術專科學校抗敵宣傳工作團
十二月	抗戰與藝術	老舍、郁達夫等	重慶	獨立出版社
十二月	戰時演劇論	葛一虹	重慶	讀書生活出版社
本年	淪陷後的上海文化現象批判	鷹隼（阿英）	上海	風雨書屋
本年	中國戲劇史	徐慕雲	上海	世界書局
本年	電影概論	徐公美	長沙	商務印書館
本年	電影藝術論	徐公美	長沙	商務印書館
本年	電影導演論	烏衣、向培良	長沙	商務印書館
本年	電影文學論	王平陵	長沙	商務印書館
本年	電影化裝法	金光洲	長沙	商務印書館
本年	話劇演員的基本知識	孔色時	長沙	商務印書館
本年	詩學概要	何達安	長沙	商務印書館

二十八年

時間	書名	作者	出版地	出版者
一月	文章寫作論	朱滋萃	長沙	商務印書館
一月	小說戲曲新考	趙景深	上海	世界書局
一月	新伶人	山西第二戰區文化抗戰協會戲劇部編	宜川	民族革命出版社

二月	抗戰戲劇概論	趙清閣	重慶	中山文化教育館
三月	近二十年中國文藝思潮論	李何林	重慶	生活書店
三月	論抗戰戲劇運動	鄭君里	重慶	生活書店
四月	漢賦之史的研究	陶秋英	上海	中華書局
四月	文章修養（上）	唐弢	上海	文化生活出版社
五月	抗建文學論	劉心皇	河南	抗敵週刊社
五月	中國小說史	郭箴一	長沙	商務印書館
六月	文藝短論	王任叔（巴人）	上海	珠林書店
六月	魯迅訪問記	登　太編	上海	文化勵進社
六月	中國文藝思潮史略	朱維之	上海	合作出版社
七月	怎樣寫作	魏金枝	上海	珠林書店
七月	宋詞面目	馮都良	上海	珠林書店
七月	捫蝨談	巴人	上海	世界書局
七月	中國文學史表解	張雪蕾	長沙	商務印書館
七月	蕭伯納的研究	林履信	長沙	商務印書館
七月	抗戰文藝概論	趙清閣	重慶	中山文化教育館
七月	演劇手册	章泯、宋之的等	重慶	上海雜誌公司
八月	一年來的四川省立戲劇教育實驗學校	熊佛西	成都	四川省立戲劇教育實驗學校
八月	李南桌文藝論文集	李南桌	重慶	生活書店
九月	戲劇學基礎教程	沈犖	金華	充實書社
九月	蘇聯兒童戲劇	葛一虹	重慶	上海雜誌公司

時間	書名	作者	出版地	出版
十月	通俗文藝五講	老舍等	重慶	中華文藝界抗敵協會
十月	抗戰文藝評論集	林煥平	香港	民革出版社
十一月	文章修養（下）	唐弢	上海	文化生活出版社
十一月	抗戰與戲劇	田漢等	重慶	獨立出版社
十一月	戰時演劇政策	葛一虹	香港	上海雜誌公司
十二月	淺見集	韓侍桁	昆明	中華書局
十二月	抗戰戲劇史話	舒暢	重慶	獨立出版社
本年	西洋話劇指南	王光祈	上海	中華書局
本年	說寫作	予且	上海	中華書局
本年	蘇聯文學的進程	林敔	上海	開明書店
本年	戲劇的方法和表演	洪深	上海	新劇研究社
本年	宋代的抗戰文學	陳安仁	長沙	商務印書館
本年	英國詩文研究集	方重	長沙	商務印書館
本年	表演藝術論	章泯	重慶	上海雜誌公司
本年	劇集手册	洗羣	重慶	上海雜誌公司
本年	演劇初程	劉念渠等	重慶	上海雜誌公司
本年	水滸傳與中國社會	薩孟武	重慶	正中書局
本年	抗戰文藝論集	洛蝕文編		文緣出版社

二十九年

時間	書名	作者	出版地	出版
一月	湯顯祖及其牡丹亭	張友鸞	上海	光華書局

一月	翻譯論集	黃嘉德編	上海	西風社
一月	民族文學小史	趙景深	上海	世界書局
一月	龔定盦研究	朱傑勤	長沙	商務印書館
一月	戰時戲劇講座	國立戲劇學校編	重慶	正中書局
二月	演劇藝術講話	舒湮編	上海	光明書局
二月	離騷研究	陳適	長沙	商務印書館
二月	密雲期風習小紀	胡風	香港	海燕書店
二月	戲劇創作講話	陳白塵		上海雜誌公司
三月	一百種抗戰劇本說明	唐紹華	重慶	正中書局
三月	戰時戲劇論	胡紹軒	重慶	獨立出版社
三月	世界革命文藝論	黃峯		
四月	下鄉演劇的實踐	周彥	重慶	獨立出版社
四月	杜甫今論	易君左	重慶	獨立出版社
四月	吳芳吉婉容詞箋證	周光年	重慶	獨立出版社
五月	文學讀本	王任叔	上海	珠林書店
五月	讀律雜筆	張榆芳	漢口	大楚報社
五月	魯迅的書	歐陽凡海	桂林	文獻出版社
七月	文學與青年	李辰多	重慶	中國文化服務社
八月	嚴復思想評述	周振甫	昆明	中華書局
八月	「民族形式」商兌	郭沫若	桂林	南方出版社
八月	魯迅論及其他	馮雪峰	桂林	充實社
八月	論魯迅	端木良		生活書店

時間	書名	作者	出版地	出版者
九月	報壇逸話	胡道靜	上海	世界書局
九月	新型文藝教程	田仲濟	重慶	華中圖書公司
十月	論魯迅的雜文	巴人	上海	遠東書店
十月	讀詩四論	朱東潤	長沙	商務印書館
十月	讀曲小識	盧前	長沙	商務印書館
十一月	文學讀本續編	王任叔	上海	珠林書店
十二月	南社紀略	柳亞子	上海	開華書店
十二月	詩的本質	杜衡之	長沙	商務印書館
十二月	桐城文派論	梁堃	長沙	商務印書館
十二月	戲劇創作講話	陳白塵	重慶	上海雜誌公司
十二月	民族詩歌論集	盧冀野	重慶	國民圖書出版社
十二月	論民族形式問題	胡風	重慶	生活書店
本年	怎樣寫劇	田禽著、史牧修訂	西安	生活書店
本年	戰時戲劇演出論	田禽	重慶	獨立出版社
本年	戰時舊型戲劇論	劉念渠	重慶	獨立出版社
本年	活的文學	林煥平	香港	海燕書店
本年	民族英雄詩話	梁乙眞		黃埔出版社
本年	劇說	周明泰		

三十年

時間	書名	作者	出版地	出版者
一月	中國文學發展史	劉大杰	上海	中華書局

一月	文學底基礎知識	江　羣	重慶	生活書店
一月	舞臺技術基礎	劉　露	桂林	上海雜誌公司
二月	精讀指導舉隅	葉紹鈞、朱自清	成都	四川省政府教育廳
二月	吳芳吉評傳	盧　前	重慶	獨立出版社
三月	文學手冊	艾　蕪	桂林	文化供應社
四月	演劇初程	劉念渠	重慶	青年出版社
四月	論民族形式問題	胡　風	重慶	學術出版社
四月	日本文場考察	歐陽梓川	重慶	文化書店
四月	表演藝術論文集	國立戲劇學校編	重慶	正中書局
五月	民族形式討論集	胡　風	重慶	華中圖書公司
五月	窄門集	巴　人	香港	海燕書店
六月	困學集	鄭振鐸	長沙	商務印書館
六月	阿Q（魯迅名著評論集）	艾蕪等著，路沙編	重慶	新生圖書文具公司
七月	抗戰四年來的文化運動（上下冊）	張道藩等	重慶	正中書局
八月	學文示例	郭紹虞	上海	開明書店
九月	語文通論	郭紹虞	上海	開明書店
九月	鴨池十講	羅　庸	桂林	龍門書店
九月	詩論	艾　青	桂林	三戶圖書社
九月	許地山語文論文集	許地山	香港	新文字學會
十月	魯迅的創作方法及其他	景　宋等	重慶	讀書出版社

時間	書名	作者	出版地	出版者
十月	讀書指導	薩孟武等	重慶	中國文化服務社
本年	上海之電影	楊德惠、董文中編	上海	中外出版社
本年	新戲劇講話	浪舟	上海	海棉社
本年	廣東女子藝文考	洗玉清	長沙	商務印書館
本年	青年創作指導	楊晉豪	長沙	商務印書館
本年	編劇法	潘文	重慶	青年出版社
本年	戰時劇團組織與訓練	閻哲吾	重慶	獨立出版社
本年	戰地戲劇的理論與實踐	侯楓	重慶	獨立出版社
本年	新演出	楊村彬	重慶	獨立出版社
本年	兒童戲劇論文集（第一輯）		香港	中華基督教青年會

三十一年

時間	書名	作者	出版地	出版者
一月	咀華二集	劉西渭（李健吾）	上海	文化生活出版社
一月	青年與寫作	陳友琴等	金華	國民出版社
一月	紅樓夢研究	李辰冬	重慶	正中書局
三月	三民主義文學論文選	王集叢	泰和	時代思潮社
三月	精讀指導學隅	葉紹鈞、朱自清	重慶	商務印書館
三月	楚辭校補	聞一多	重慶	國民圖書出版社
三月	魯迅的書	歐陽凡海	桂林	文獻出版社

三月	怎樣寫文章	文森華	桂林	眞實書店
四月	蒲劍集	郭沫若	重慶	文學書店
四月	創作的準備	茅　盾	桂林	文學出版社
五月	編劇方法論	趙淸閣	重慶	獨立出版社
五月	文藝漫筆	羅　蓀	桂林	讀書出版社
六月	中國文學論集	郁達夫等	上海	一流書店
六月	初期職業話劇史料	朱雙雲	重慶	獨立出版社
七月	怎樣建設三民主義文學	王集叢	重慶	國民圖書出版社
七月	死人復活的時候	胡　風等	桂林	遠方書店
七月	詩歌朗誦手册	徐　遲	桂林	集美書店
七月	三民主義文學論	王集叢	泰和	時代思潮社
八月	雜文的藝術與修養	田仲濟	重慶	東方書社
八月	轉形期演劇紀程	劉念渠	重慶	商務印書館
八月	詩心	鍾敬文	桂林	詩創作社
八月	孟夏集	郭沫若等	桂林	華華書店
九月	談人物描寫	張天翼	重慶	作家書屋
十月	老牛破車（創作的經驗）	老　舍	成都	羣益出版社
十月	關於魯迅	梅　子編	重慶	勝利出版社
十二月	批評精神	李長之	重慶	南方印書館
十二月	詩歌新論	王亞平、戈茅	重慶	人間出版社
十二月	文藝論文集	茅　盾	重慶	羣益出版社
本年	文藝十二講	胡斗南	大連	關東出版社

時間	書名	作者	出版地	出版
本年	現階段戲劇問題	胡紹軒、張惠良	重慶	獨立出版社

三十二年

時間	書名	作者	出版地	出版
一月	小說作法之研究	趙恂九	大連	啓東書社
一月	略讀指導擧隅	葉紹鈞、朱自清	重慶	商務印書館
一月	文藝閱讀與寫作	以　羣等	重慶	學習生活社
二月	讀書指導	陳之邁等	重慶	中國青年服務社
二月	曹禺論	蕭　賽	成都	燕風出版社
二月	三民主義文學論	王集叢	泰和	時代思潮社
三月	三民主義文化運動論	葉　青	泰和	時代思潮社
三月	傳記與文學	孫毓棠	重慶	正中書局
三月	經典常談	朱自清	重慶	中國文化服務社
四月	龍與巨怪（史詩的故事）	鄭振鐸	重慶	文信書局
四月	創作的準備	茅　盾	桂林	自學書店
五月	文學批評的新動向	陳　銓	重慶	正中書局
五月	中國民族文學史	梁乙眞	重慶	三友書店
五月	戲劇的民族形式問題	茅　盾等	桂林	白虹書店
六月	小說是怎樣寫成的	姚雪垠	重慶	商務印書館
七月	怎樣寫作（上下册）	孫　犁	左權	華北書店
七月	魯迅批判	李長之	成都	東方書社
七月	屈原研究	郭沫若	重慶	羣益出版社

三十三年	七月	雲南農村戲曲史	徐嘉瑞	貴陽	雲南大學出版部
	八月	新狂飈時代	王平陵	重慶	商務印書館
	八月	魏晉六朝文學批評史	羅根澤	重慶	商務印書館
	八月	雜文的藝術與修養	田仲濟	重慶	東方書社
	九月	德國的古典精神	李長之	成都	東方書社
	九月	戲劇導演的初步知識	洪　深	重慶	中國文化服務社
	九月	戲劇的初步知識	洪　深	重慶	中國青年服務社
	十一月	中詩外形律詳說	劉大白（遺著）	上海	中國聯合出版公司
	十一月	西洋近代文藝思潮講話	徐　偉	上海	世界書局
	十一月	文學底基礎知識	以　羣	重慶	自學書店
	十一月	隋唐文學批評史	羅根澤	重慶	商務印書館
	十二月	詩的藝術	李廣田	重慶	開明書店
	十二月	戲的唸詞與詩的朗誦	洪　深	重慶	美學出版社
	十二月	文學評論	歐陽凡海	重慶	當今出版社
	本年	民俗藝術考古論集	常任俠	重慶	正中書局
	本年	文學概論	馬宗翟	重慶	商務印書館
	本年	清代學者著述表	蕭一山	重慶	商務印書館
	本年	中國文學欣賞舉隅	傅庚生	重慶	開明書店
	本年	戲劇常識	夏　林	桂林	文化供應社
	本年	論詩短札	胡　風編	桂林	耕耘出版社

時間	書名	作者	出版地	出版者
一月	文壇史料	楊一鳴編	上海	中華日報社
一月	中國文學批評史大綱	朱東潤	桂林	開明書店
一月	周秦兩漢文學批評史	羅根澤	重慶	商務印書館
一月	古優解	馮沅君	重慶	商務印書館
三月	啼笑皆是（一名：月亮與臭蟲——林語堂論）	郭沫若等	吉安	東方出版社
三月	文藝寫作講話	茅盾等	南平	戰時文化供應社
四月	習劇隨筆	陳白塵	重慶	當當今出版社
五月	論詩	黃藥眠	桂林	遠方書店
五月	馬克思主義與文藝	周揚編		解放社
六月	文藝論叢	楊之華	上海	太平書局
六月	棄餘集	常風	北平	新民印書館
六月	屈原之思想及其藝術	郭銀田	重慶	獨立出版社
六月	時代之波（戰國策論文集）	林同濟編	重慶	在創出版社
七月	文藝論戰	張道藩等	重慶	中央文化運動委員會
七月	北歐文學	李長之	重慶	商務印書館
七月	看雲人手記（第二批評文集）	胡風	重慶	自刊
七月	中國現代木刻史	唐英偉	福建	中國木刻用品合作工廠
八月	法國文學	袁昌英	重慶	商務印書館
八月	迎中國的文藝復興	李長之	重慶	商務印書館

九月	杜甫論	王亞平	重慶	商務印書館
九月	談小說	劉半農、胡適	重慶	中國出版公司
十月	中國俗文學研究	阿英	上海	中國聯合出版公司
十月	漢魏六朝樂府文學史	蕭滌非	重慶	中國文化服務社
十一月	談新詩	馮文炳	北平	新民印書館
十一月	中國戲劇運動	田禽	重慶	商務印書館
十一月	美文集	徐遲	重慶	美學出版社
十二月	蘇聯文學的變革	鄭學稼	重慶	國民圖書出版社
十二月	唐代文學史	陳子展	重慶	作家書屋
十二月	論秧歌	周揚等		華北書店
本年	中國七大典籍纂修考	陸曼炎	重慶	文信書局
本年	孤本元明雜劇鈔本題記	馮沅君	重慶	商務印書館
本年	蘇聯文學的變革	鄭學稼	重慶	國民圖書出版社
本年	民族文學論文初集	徐中玉	重慶	國民圖書出版社
本年	作家筆名索引	蔣星煜	重慶	燎原出版社

三十四年

時間	書名	作者	出版地	出版者
一月	南北兩大民歌箋校	顧敦鍒	上海	世界書局
一月	民族戰爭與文藝性格	胡風	重慶	南天出版社
二月	印度文學	柳無忌	重慶	中國青年服務社
二月	人的花朵（論文集）	呂熒		大星出版社

四月	文苑談往（第一集）	楊世驥	重慶	中華書局
四月	宋代文學史	陳子展	重慶	作家書屋
四月	在混亂裏面	胡風	重慶	作家書屋
五月	現代歐洲藝術思潮	吳景崧	上海	永祥印書館
五月	電影知識	魯思	上海	永祥印書館
五月	戰爭與文學	范泉	上海	永祥印書館
五月	青年寫作講話	孔另境	上海	永祥印書館
五月	中國戲劇小史	周貽白	上海	永祥印書館
五月	賈寶玉的出家	張天翼等	永安	東南出版社
五月	十四朝文學要略	劉永濟	重慶	中國文化服務社
五月	中國文學史簡編	宋雲彬	重慶	文化供應社
五月	中國人與中國文	羅常培	重慶	開明書店
六月	編劇和導演	方君逸	上海	永祥印書館
六月	夜書	林榕	北平	文章書房
六月	語體詩歌史話	李岳南	重慶	拔提書店
七月	現代小說過眼錄	許傑	永安	立達書店
七月	晚唐五代文學批評史	羅根澤	重慶	商務印書館
七月	新人生觀與新文藝（論文集）	李辰冬	重慶	天地出版社
八月	版本與書籍	周越然	上海	知行出版社
本年	文藝欣賞之社會學的分析	萬亦君	重慶	商務印書館

年代未詳

時間	書名	作者	出版地	出版者
	文藝創作論		桂林	三戶圖書社
	魯迅與語文運動	香港中國新文學學會編	香港	中國新文學學會
	導演方法論	閻哲吾、張石流	重慶	獨立出版社
	表演技術論	陳治策	重慶	獨立出版社
	舞臺裝置論	賀孟斧、趙越	重慶	獨立出版社
	談演技	江村	重慶	文風書店
	怎樣演戲	徐昌霖	重慶	文風書店
	我教你演戲	田禽	重慶	文風書店

六、傳記

二十六年

時間	書名	作者	出版地	出版者
八月	童年時代	郭沫若	上海	合衆書店

二十七年

時間	書名	作者	出版地	出版者
一月	創造十年續編	郭沫若	上海	北新書局
一月	丁玲在西北	史天行編	漢口	華中圖書公司

時間	書名	作者	出版地	出版者
四月	張發奎將軍	朱樸	漢口	羣力書店
四月	白崇禧將軍傳（再版）	張國平	廣州	新中國出版社
五月	辛稼軒先生年譜	鄭騫		
六月	在出版社界二十年	張靜廬	漢口	上海雜誌公司
七月	自傳之一章	陶亢德編	廣州	宇宙風社
本年	江陰義民別傳	胡山源	上海	世界書局
本年	嘉定義民別傳	胡山源	上海	世界書局
本年	揚州義民別傳	胡山源	上海	世界書局
本年	朱德傳	枚詁		民族文化社
本年	李宗仁與白崇禧	珠江日報叢書部編		珠江日報社
本年	李宗仁與白崇禧	羅飛鵬編		建國書店

二十八年

時間	書名	作者	出版地	出版者
三月	中國文學家列傳	楊蔭深編	昆明	中華書局
五月	明末民族藝人傳	傅抱石	長沙	商務印書館
七月	我的生活	馮玉祥	貴州	自刊
九月	記丁玲（續集）	沈從文	上海	良友復興圖書印刷公司
十月	中國學術家列傳	楊蔭深編	上海	光明書局
十月	衞將軍（立煌）	明明		上海雜誌公司
十二月	馬相伯先生年譜	張若谷	長沙	商務印書館

本年	從軍回憶錄	胡立民	上海	亞東圖書館
本年	民族英雄百人傳	梁乙眞編	重慶	青年出版社
本年	怪傑別廷芳	原景信	桂林	新中國出版社
本年	聖宛哈拉尼赫魯傳	張君勱		再生週刊社

二十九年

時間	書名	作者	出版地	出版者
一月	鮑照年譜	吳丕績	長沙	商務印書館
二月	女兵冰瑩	張文瀾編	重慶	獨立出版社
三月	劉永福傳	李健兒	長沙	商務印書館
五月	天才的悲劇（記尙仲衣教授）	司馬文森	桂林	南方出版社
七月	加里波的傳	鄭學稼	重慶	青年出版社
七月	文天祥年述	傅抱石	重慶	青年書店
八月	道教徒的詩人李白及其痛苦	李長之	長沙	商務印書館
九月	張居正年譜	滕山	重慶	青年書店
九月	宋平子評傳	蘇淵雷	重慶	正中書局
十月	陳龍川年譜	顏虛心	長沙	商務印書館
十一月	中國民族女英雄傳記	嚴濟寬	長沙	商務印書館
十二月	王羲之評傳	朱傑勤	長沙	商務印書館
本年	西太后列紀	菊華	上海	國民書店
本年	現代英美戲劇家	鞏思文	長沙	商務印書館

時間	書名	作者	出版地	出版者
本年	吳佩孚將軍	拓荒		

三十年

時間	書名	作者	出版地	出版者
一月	我的半生	陳鶴琴	江西	
一月	秦始皇帝傳	馬元材編	長沙	商務印書館
三月	卑斯麥傳	施愼之編	上海	世界書局
四月	鄭子尹年譜	凌惕安編	長沙	商務印書館
六月	西遊回憶錄	沈有乾	上海	西風社
六月	子產評傳	鄭克堂	長沙	商務印書館
六月	杜少陵評傳	朱偰	重慶	青年書店
八月	武則天	阮劍依編	上海	大方書局
十二月	居禮夫人傳	陳正人編	上海	世界書局
本年	廣東現代畫人傳	李健兒	香港	
本年	公孫鞅	楊剛		文化生活出版社

三十一年

時間	書名	作者	出版地	出版者
四月	魯迅先生二三事	孫伏園	重慶	作家書屋
八月	童年時代（原名：我的幼年）	郭沫若	重慶	作家書屋
九月	叔本華生平及其學說	陳銓	重慶	正中書局
本年	中西教育家	王裕凱、朱克文	貴陽	文通書局

三十二年

時間	書名	作者	出版地	出版者
一月	我的生活——沈從文自傳	沈從文	上海	中央書店
二月	史可法傳	朱文長	重慶	商務印書館
三月	蔡孑民先生傳略	高乃同編	重慶	商務印書館
三月	甘地論	止默	重慶	美學出版社
三月	中國之友威爾基先生	蔣煥文編	重慶	中國文化服務社
四月	我的詩生活	臧克家	重慶	讀書生活出版社
四月	林公鐸先生學記	徐英	重慶	正中書局
四月	反正前後（自傳）	郭沫若	重慶	作家書屋
五月	中國偉人的生活	黃蓁編	桂林	文友書店
五月	少年的回顧	鄒魯	重慶	獨立出版社
六月	時賢別紀	陸曼炎	重慶	文信書局
七月	亞歷山大的故事	吳傑勤	重慶	商務印書館
七月	創造十年（自傳）	郭沫若	重慶	作家書室
八月	金田起義前洪秀全年譜	羅爾綱	重慶	正中書局
十二月	從文自傳	沈從文	上海	開明書店
十二月	中國四大政治家評傳	蔣星德	重慶	中外出版社
十二月	我的父親	顧一樵	重慶	商務印書館
本年	李秀成傳	陳邇冬	桂林	大千書店
本年	劉向歆父子年譜	劉穆	重慶	中國文化服務社

時間	書名	作者	出版地	出版者
本年	中國歷史上之民族英雄	劉覺編	重慶	商務印書館
本年	曾國藩評傳	何貽焜	重慶	正中書局
本年	中國史上之民族詞人	繆鉞	重慶	青年出版社
三十四年				
一月	回顧錄	鄒魯	重慶	獨立出版社
二月	孫武子	楊杰	重慶	勝利出版社
三月	老子	張默生	重慶	勝利出版社
四月	洪秀全	羅爾綱	重慶	勝利出版社
五月	諸葛亮	祝秀俠	重慶	勝利出版社
五月	勾踐	衛聚賢	重慶	勝利出版社
六月	明太祖	吳晗	重慶	勝利出版社
六月	徐光啓	方豪	重慶	勝利出版社
七月	班昭	朱倓	重慶	勝利出版社
七月	梁啓超（上册）	吳其昌	重慶	勝利出版社
十二月	六十回憶	周越然	上海	太平書局
本年	入獄記	楊光政	上海	太平書局
本年	我的生活	馮玉祥	桂林	三戶圖書社
本年	韓世忠年譜	鄧恭三	重慶	獨立出版社

時間	書名	作者	出版地	出版者
一月	鄭和	鄭鶴聲	重慶	勝利出版社
二月	漢武帝	朱煥堯	重慶	勝利出版社
三月	管仲	王毓瑚	重慶	勝利出版社
三月	韓愈	李長之	重慶	勝利出版社
五月	班超	黃文弼	重慶	勝利出版社
六月	清初六大畫家（王烟客、王圓照、王石谷、王麓台、吳漁山、惲南田）	溫肇桐	上海	世界書局
八月	羅曼羅蘭評傳	芳　信	上海	永祥印書館
本年	蘇青與張愛玲	白　鷗編	北平	沙漠書店
本年	教育家之叔本華	楊伯萃	重慶	商務印書館
本年	聖鞠斯特	楊人楩	重慶	商務印書館
本年	岳飛評傳	彭國棟	重慶	商務印書館
本年	神礮手馬光明	張　黎	重慶	國民圖書出版社
本年	孟子	甯　生編	重慶	國民圖書出版社
本年	鄭成功	李　旭編	重慶	青年出版社
本年	鄒容	杜呈祥編	重慶	青年出版社
本年	衛青、霍去病	杜呈祥	重慶	青年出版社

七、合集

二十六年

時間	書名	作者	出版地	出版者
十月	八百孤軍（散文、新詩、小說）	田漢等	廣州	戰時出版社

二十七年

時間	書名	作者	出版地	出版者
一月	蘇區的文藝（小說、獨幕劇）	丁玲	上海	南華出版社
三月	東線的撤退	胡蘭畦等	漢口	生活書店
五月	戰地巡歷（散文、新詩）	田漢	廣州	戰時出版社
六月	魯迅全集（第一至二〇卷）	魯迅	上海	魯迅全集出版社
七月	一顆未出膛的槍彈（小說、散文）	丁玲	上海	知識出版社
七月	雜技	張可等	漢口	生活書店
八月	三四一（鼓詞、二黃、小說）	老舍	重慶	藝文研究會
九月	一顆未出鏜的槍彈（小說、散文）	丁玲	漢口	生活書店
九月	雜耍	張可等	漢口	生活書店
九月	戰地歌聲	玐夫等	漢口	生活書店
十月	刻意集（小說、劇本、長篇片斷）	何其芳	上海	文化生活出版社
本年	中國現代文讀本	北京近代科學圖書館編	北平	近代科學圖書館

二十八年

時間	書名	作者	出版地	出版者
一月	抗戰文藝選（新詩、散文、小說）	沙雁、蕭乾等	重慶	獨立出版社

三月	白山黑水（話劇、論文）	史　輪等	漢口	生活書店
四月	西線生活	西北戰地服務團集體創作	漢口	生活書店
六月	第七連（報告、小說、散文）	丘東平	上海	聯華書店
七月	松濤集（散文、新詩）	白　曙等	上海	世界書局
七月	雨夕（新詩、散文）	畢煥午	上海	文化生活出版社
十月	魯迅紀念特輯	新中國文藝社編	上海	新中國文藝社
十月	跋涉（散文、小說、新詩）	悄吟、三郎	哈爾濱	五畫印刷社
本年	放棄	藍　洋等	上海	劇場藝術出版社

二十九年

時間	書名	作者	出版地	出版者
一月	去來今（小說、散文、短論、譯詩）	王統照	上海	文化生活出版社
三月	自由的靈魂	易　喬等	上海	劇藝出版社
三月	風塵（小說、報告）	聶紺弩等	永安	改進出版社
六月	月光曲	曾　耶等	上海	劇藝出版社
七月	控訴（短篇、散文）（原名：賜兒集）	宋之的	上海	一般書店
本年	天才夢	西風社選編	上海	西風社

三十年

時間	書名	作者	出版地	出版者
一月	一缸銀幣（小說、新詩、散文）	歐陽山等		生活書店
二月	我們的詩（詩評、新詩）	適夷等	上海	上海詩歌叢刊社
二月	第一流	路汀編	上海	地球出版社
二月	一股狂風	納恩		海嘯文藝研究社
三月	不絕的弦歌	丁諦	上海	華華創刊社
三月	凱歌（散文、獨幕劇、小說）	宋之的	重慶	中國文化服務社
四月	旅途雜感	巴金	上海	奔流書店
四月	第一流（續編）	梅衣編	上海	地球出版社
六月	郁達夫代表作（小說、散文、日記）	郁達夫	上海	三通書局
六月	范蠡與西施（散文、小說、新詩、短劇）	聶紺弩等	桂林	科學書店
六月	大題小解	茅盾等	桂林	科學書店
七月	第一流（三編）	老舍等	上海	地球出版社
七月	郁達夫文集（小說、散言、書信）	梁季千編	長春	國風書店
八月	寂寞（小說、散文、新詩、劇本、評論）	司馬文森等	桂林	文獻出版社
九月	大地山河（散文、小說、詩論）	茅盾編	香港	筆談社
十一月	山居書簡	田漢等	桂林	科學書店
十二月	前奏曲	文學與戲劇創刊社編		泰山書店

十二月	供狀	西風社編	上海	西風社

三十一年

時間	書名	作者	出版地	出版者
五月	梵哦鈴和眼淚	蘇田		文藝創刊社
七月	我的母親（上）	中國文化館編	曲江	中國文化館
七月	死人復活的時候	胡風等	桂林	遠方書店
九月	青年與文藝（小說、散文）	茅盾等	桂林	耕耘出版社
九月	磁力（小說、散文）	沙汀	桂林	三戶圖書社
九月	兒子開會去了（小說、報告）	夏衍等	桂林	未明社
十月	苦霧集（論文、散文、新詩）	李長之	重慶	商務印書館
十月	生命的火焰（論文、新詩、小說、劇本）	徐遲等	桂林	集美書店
十一月	紅葉集（小說、散文、評論）	茅盾等	桂林	華華書店
十二月	屈原（劇本、論文）	郭沫若	重慶	新華書店
十二月	異國情調（新詩、散文、小說）	李金髮	重慶	商務印書館
十二月	長途（文學評論、報告）	夏衍	桂林	集美書店
十二月	旅程記（散文、文藝論文）	以羣	桂林	集美書店
本年	秋雁集	劉大杰等	上海	一流書店

三十二年

時間	書名	作者	出版地	出版者
一月	嬋娟（劇本、小說、散文）	紺弩	桂林	文化供應社
二月	佩劍集	李長之	江西	文林書店
二月	新詩源（詩論、新詩）	王亞平等	贛縣	中華正氣出版社
六月	戰爭與春天（小說、散文）	尹雪曼	重慶	商務印書館
六月	魯迅小說選（附評）	葛斯永、楊祥生編	重慶	新生圖書文具公司
九月	奴隸的花果	靳以編	南平	文藝社
十一月	懺悔與咒詛	蔣實	重慶	世界出版社
十二月	遣愁集（小說、新詩）	葉聖陶等	成都	創作文藝社
十二月	二十九人自選集（論文、小說、散文、新詩散文）	胡風、李文釗等	桂林	遠方書店

三十三年

時間	書名	作者	出版地	出版者
六月	復仇的心（報告、小說）	萬廸鶴	重慶	國民圖書出版社
九月	九月的海上	施濟美等	上海	中國文化出版公司
十月	邊鼓集（劇論、散文、雜感）	夏衍	重慶	美學出版社

三十四年

時間	書名	作者	出版地	出版者
一月	路	張金壽	上海	文潮月刊社

五月	抒情	藍　漪等	上海	
五月	招隱集（新詩、散文）	廢　名著、開元編	漢口	大楚報社
七月	點滴集（文論、小說、散文）	羅　洪編	屯溪	安徽中央日報社
八月	夢雨集（一名：文藝批評與文藝教育）（評論、散文、新詩）	李長之	重慶	商務印書館
本年	戰時文學選集	中央電訊社編	南京	中央電訊社
本年	沒有光的星	諸　家	北平	新民印書館

編後記

本目初稿自剪貼、抄錄、登卡到完稿爲止，共費時二個月。主要工作都由中國文化大學中文系文藝組四年級學生馮景青、陳逸英、莊秀滿、趙維娟等四人擔任。編者在此謹致最大謝意，沒有他們的努力，本目絕對無法編成。編者主要工作則是搜集提供資料，決定選錄與否，並加註各項資料。現將主要參考書籍列於後面，以供讀者覆查。

一、中國近代現代叢書目錄，一九八〇年二月，香港商務印書館香港分館出版。
二、現代中國關係中國語文獻總合目錄，一九六七年，日本亞細亞經濟研究所編印。
三、中國現代作家傳略上册，一九八一年五月「四川人民出版社」出版。
四、中國文學家辭典（現代第一分册），一九七九年七月，香港文化資料供應社翻版。
五、中國新史學史下册，司馬長風著，一九七八年十二月，香港昭明出版社出版。
六、中國現代文學書目總編（樣書），民國七十年十二月，臺北國家文藝基金會編印。
七、中山文化教育館圖書目錄，民國六十三年八月，臺北中國國民黨中央委員會編印。

八、中國現代六百作家小傳，李立明著，一九七七年十月，香港波文書局出版。
九、1500 Modern Chinese Novels & Plays, 善秉仁、蘇雪林、趙燕聲等合著，一九四八年，北平出版。
十、東方雜誌二十六年至三十四年。
十一、抗戰時期淪陷區文學史，劉心皇著，民國六十九年五月，臺北成文出版出版社。
十二、瘂弦：中國新詩年表，原載「中國新詩研究」一書，民國七十年元月，臺北洪範出版社出版。
十三、瘂弦民國以來出版新詩集總目初編，原載「創世紀」季刊第四十二期，民國六十四年十二月，臺北出版。
十四、舒湮：抗戰期間內地出版戲劇目，原載舒湮主編之「澳劇藝術講話」一書，民國二十九年二月，上海光明書局出版。
十五、中國話劇書目彙編初稿（一九二二——一九四九），辛墾編，一九七七年一月，香港話劇研究社出版。
十六、中國戲劇運動，田禽著，民國三十三年十一月，重慶商務印書館出版

七十三年元月二十二日凌晨

增訂本書主要參考資料

一、中國現代作家著譯書目，「北京圖書館書目編輯組」編，一九八二年十二月，北平，「書目文獻出版社」出版。

二、中國現代作家著譯書目（續編），「北京圖書館書目編輯組」編，一九八六年四月，北平，「書目文獻出版社」出版。

三、中華民國作家作品目錄（上下冊），應鳳凰、鐘麗慧合編，民國七十三年六月，臺北，行政院文化建設委員會印行。

四、中國現代文學事典，丸山昇、伊藤虎丸、新村徹合編，昭和六〇年（一九八五年）九月，東京，東京堂印行。

五、中國現代作家傳略（下），「徐州師範學院」中國現代作家傳略編輯組編，一九八三年五月，重慶，「四川人民出版社」出版。

六、中國文學家辭典（現代第二分冊），「北京語言學院」中國文學家辭典編委會編，成都，「四川人民出版社」出版。

七、中國文學家辭典（現代第三分冊），中國文學家辭典編委會編，一九八五年三月，成都，「四川人民出版社」出版。

八、中國文學家辭典（現代第四分冊），中國文學家辭典編委會編，一九八五年八月，成都，「四川文藝出版社」出版。

九、抗戰文學紀程，蘇光文編著，一九八六年四月，北碚，「西南師範大學出版社」出版。

十、抗戰時期文藝大事記（1937.7—1945.9），藍海（田仲濟）編，載「中國抗戰文藝史」一書，一九八四年三月，濟南，「山東文藝出版社」出版。

十一、中華全國文藝界抗敵協會大事記，史天行編，載「中華全國文藝界抗敵協會史料選編」一書，文天行、王大明、廖全京合編，一九八三年十二月，成都，「四川省社會科學院出版社」出版。

十二、抗戰文藝報刊篇目匯編（續一），四川省社會科學研究所抗戰文藝研究室」編，一九八六年四月，成都，「四川省社會科學院出版社」出版。

十三、中國話劇史，吳若、賈亦棣合著，民國七十四年三月，臺北，行政院文化建設委員會編印。

十四、中國現代文學作品書名大辭典（精裝三巨冊），周錦編著，民國七十五年九月，臺北，智燕出版社印行。

《文訊叢刊①》

抗戰時期文學史料

編著者／秦賢次
封面設計／詹淑美
校　對／王燕玲・孫小燕・秦賢次

發行人／蔣　震
出版者／文訊月刊雜誌社
社　址／臺北市林森北路七號
電　話／(02)3930278・3946103
編輯部／臺北市復興南路一段127號三樓
電　話／(02)7711171・7412364

總經銷／聯經出版事業公司
地　址／臺北縣汐止鎮大同路一段367號三樓
電　話／(02)6425518代表號
印　刷／裕臺公司中華印刷廠
臺北縣新店市大坪林寶強路六號

行政院新聞局局版臺誌字第3278號
定價120元（如有缺頁、破損，請寄回本社調換）
郵撥帳號第0588475～9號文訊月刊雜誌社

中華民國七十六年七月一日初版